孙照海 著

心田的山楂树

郑州大学出版社

图书在版编目（CIP）数据

心田的山楂树 / 孙照海著. — 郑州：郑州大学出版社，
2022.3（2024.6 重印）
ISBN 978-7-5645-8462-7

Ⅰ.①心⋯　Ⅱ.①孙⋯　Ⅲ.①诗集–中国–当代
Ⅳ.①I227

中国版本图书馆 CIP 数据核字(2021)第 258629 号

心田的山楂树
XINTIAN DE SHANZHA SHU

策划编辑	李勇军	封面设计	孙文恒
责任编辑	孙精精	版式设计	孙文恒
责任校对	暴晓楠	责任监制	李瑞卿

出版发行	郑州大学出版社（http://www.zzup.cn)
地　　址	郑州市大学路 40 号（450052)
出 版 人	孙保营
发行电话	0371-66966070
经　　销	全国新华书店
印　　刷	永清县晔盛亚胶印有限公司
开　　本	890 mm × 1 240 mm　1 / 32
印　　张	12.5
字　　数	233 千字
版　　次	2022 年 3 月第 1 版
印　　次	2024 年 6 月第 2 次印刷

书　　号	ISBN 978-7-5645-8462-7	定　　价	78.00 元

因为爱

我心里始终长着一棵山楂树！

我的学校和美好的生活就是我生命里的山楂树！

我爱我的学校。

我的学校叫淮阳一高，建校至今走过了十八年。

作为创业者之一，我经历了学校奠基起步、发展强大而最终声名远播的艰苦奋斗。我是一高人，我铸一高魂，追求卓越，止于至善。风雨相伴，一路走来，我感到无比自豪。学校的广场两边，挺立着两棵山楂树。每天，上班下班，都从它们的身旁经过。它们是一高的精神符号，见证着一高的发展历程。它们的花、蕾、果，它们的根、枝、叶，代表着一高形象，展示着一高风采，承载着一高精神。从嫩嫩的芽，到白白的花，再到青青的蕾，最终成熟为红红的果，这与淮阳一高由小到大、由弱到强的成长经历十分相似；那朴素的叶片，朴素的枝干，深深往下扎去的根须，与淮阳一高人埋头苦干、艰苦创业的精神十分相契。作为一名创业者，学校就是我的精神家园，我自然对她有着一份割舍不了的特殊感情。我爱学校的一草一木，爱学校充满激情的生活，爱学校的成就和荣誉。这也必然形成一种不可抗拒的思想自觉，那就是热爱她的精神符号——山楂树。我常在树旁注目、流连、沉思、遐想，与它们深情对望。每当此时，骄傲、自豪、欣慰、感恩之情便油然而生。这种情感不断累积，不断沉淀，不断发酵，最终也就转化成了一段又一段分行的文字。

我也同样热爱生活。

生活是美好的，我常把生活看作哲学的教科书，热爱它，珍惜它，留意观察，用心思考。春风夏雨，秋月冬雪，草长莺飞，花艳果香，合着世相百态，人情世故，给了我心灵的滋养。我想，只要不是过于冷漠和绝望的人，就不会拒绝生活的馈赠。诸如冬至，是最冷的一天，我却感到了温暖；紫藤花开在暮春，我想到，耐得住寂寞，才可扛得住盛大的繁华；母亲牵手儿子去吃早餐，我想到放下的是俗务，拉近的是亲情；紫玉兰默默昂首向天，我想到对话不需要高喊；无花果让我看到了不事张扬、无花而果的低调。即便在异国他乡，我也没有只顾游览而止笔停思……生活的每一个细节都是思考的契机，也是思想的源泉和诗歌的素材。因此，生活也是一棵山楂树，稳稳地长在我的心田里。生活的多姿多彩，激荡了我的感情，孕育了我的灵感，因此也就催生出了另外一些一段又一段分行的文字。

十八年过去了，学校现已转型进入一个新的历史时期。我也因此退出，作别学校，挥手而去，去尝试另一种新的生活。但过往不是云烟，它已深深形成印记，铭于心刻于骨。出版这个集子，就是对与淮阳一高风雨相伴、同生共长十八年历史不能忘却的纪念和致敬，也是对给予我心灵滋养的美好生活的感谢和致敬。

是为序。

孙照海

2021 年 8 月 10 日

目　录

山楂树之恋

致敬一高

事有所感

牵手而行

巴淡岛的麻雀

山楂树之恋

长在心田的山楂树

不是因为静秋，

也不是因为老三。

他们爱他们的山楂树，

我自有我的山楂树之恋。

我和他们的山楂树，

没长在同一个时代，

经历着不同的风雨暑寒。

我和他们的山楂树，

没长在同一个地方，

各有着自己的苦涩酸甜。

他们的山楂树，

长在"西村坪"的山野，

那里常常偎依着静秋和老三。

我的山楂树，

长在我们美丽的校园，

更深深地长在我的心田。

他们的山楂树，

是一个象征，

象征缠绵、凄婉，

老三在树下曾说，

我会等你一辈子——

等，最终却没有等出圆满。

我的山楂树，

是一个具象，

象征圆满、情愿，

我对着树曾说，

我会陪你一辈子——

陪，到何时我都不会厌倦！

他们的山楂树，

鲜活在别人演绎的故事里。

我的山楂树，

本身就是生动的故事，叙不尽、讲不完。

他们的山楂树，

也许会让许多少男少女，

感动到心颤。

而我的山楂树，

也许会让不少颗衰老的心，

重回少女少男。

每个人都有，

属于自己的那棵山楂树，

他们爱他们的山楂树吧，

我陶醉于我的山楂树之恋！

　　静秋、老三分别是电影《山楂树之恋》中的男女主角。

山楂树之恋

我们是两棵山楂树，
你站在广场的那边，
我站在广场的这边。

你说近，
我说为何不能牵手？
我说远，
你说天天都能看见。
——空间并不遥远！

我说我是昨天，
你说你就是今天；
我说你如果是今天，
那我就是明天。
——时间并不遥远！

你能读懂夏花绚丽，
我能悟透春眠慵懒；
你经得起秋雨潇潇，
我禁得住冬夜漫漫。

——际遇并不遥远！

你爱听书声琅琅，
我独享白鸽盘旋；
你惯看云淡天高，
我陶醉鸟语缠绵。
——兴趣并不遥远！

风雨里我由小长大了，
暖阳中你由青变红了。
我慢慢地褪尽了苦涩，
你渐渐地酿造了甘甜。
——收获并不遥远！

你深情地注视着我，
一天一天又一天；
我默默地祝福着你，
一年一年又一年。
——心灵并不遥远！

我说我们巧遇今生，
你说我们定有前缘。
宿命纠缠了你我，
相互是忠实的陪伴。

——遇见并不遥远！

我们是两棵山楂树，
我站在广场的这边，
你站在广场的那边。
虽然从未靠近，
却一直都在热恋！

枝头的萌动

一个长梦，
做了整整一个寒冬。
如今，
春风把我轻轻摇醒。
缓缓睁开睡眼，
依然有些蒙眬。
啊，
梅花谢了，
桃花开了。
猛然，
唤起了我的生命冲动。
那就从枝头开始，
悄悄地萌生。
也许你看不见，
当然也拦不住。
我把一冬天的沉寂，
诉说给春风；
重温往年的旧梦，
酝酿出浓烈的春情。
新年的故事，

从童话开始启蒙——

那一树，

嫩嫩的芽，

青青的叶，

一段芳华依然如诗如梦的意境；

那一树

白白的花，

红红的果，

一段历程依然如神话般的空灵。

啊，

山楂树，

山楂树之恋，

我不敢误了这段年华，

也不愿负了这个美名。

萌　芽

春天来了，

我也醒了，

撑破树皮，

萌发出小小的嫩芽。

请不要蔑视弱小，

小，一定能够长大。

我的生命之旅，

将会伴随一首春华秋实的诗歌，

更将演绎一段美丽的神话——

我会让枝头绿叶滴翠，

婆娑繁华；

我会陪伴米粒般小的蕊，

绽放出一树洁白的花；

我也会见证青涩的果，

酿出醉人的甜蜜，

圆润如丹，

火红似霞。

寒冬来了，

仍然骄傲地枝头高挂。

那是在回味和留恋今年的繁盛，

也是在等待下一个春天的到达。
即便飘落，
也不会遗憾和忌怕，
我会十分爽快地
演绎最后的豪放，
我将尤其优雅地
飘落出很有个性的潇洒!

悄悄地开花

留意也好，
无心也罢，
我都会应时而来，
悄悄地开满，
一树的白花。
米粒般小，
我不会为微弱而自卑，
因为我的内心非常强大。

没有牡丹的娇艳，
没有桂花的馨香；
不用说梅花的孤傲，
更不用说月季的张扬。
我独有风情万千，
风里雨里，
枝头上昂首，
满满地向天绽放。

我小，
小得可爱；

我白，
白得天真。
当然，
我更知道自己的使命——
开花，
可以艳你的眼；
结果，
更要甜你的心。

青　果

山楂树上，
我就是一枚小小的青果，
请你不要，
用怀疑的眼睛捉摸。
我的确很小，
不在意，
也许你根本看不到我。
可我毕竟在生长，
一天也不曾耽搁。
伴着风雨，
沐着阳光，
当初小小的白花，
长成如今圆圆的青果。
相信我，
我还会继续长大，
长成让你惊喜的丰硕。
感叹造物的神奇，
我要创造一个美丽的传说。

山楂树上，

我就是一枚小小的青果，

请你不要，

用否定的口吻猜测。

我的确很青，

尝一尝，

肯定是满口的苦涩。

可我会努力生长，

一天也不会蹉跎。

伴着昼夜，

和着温凉，

如今圆圆的青果，

一定会长成圆圆的红果。

相信我，

我最终会酿出甘甜，

甜透你的嘴唇和心窝。

绽放我的努力，

一直都是花对树的承诺。

我就是你

——红果的告白

还记得吗？

我就是你——

当初那粒花蕊，

小小的很不起眼。

如今，

长成了通身的红艳。

还认识吗？

我就是你，

当初那枚青果，

青得似乎永远也长不甜。

风吹过，

雨淋过，

日晒过。

如今，

却长得如此圆润饱满。

我仍像当初那样率真，

大大方方、昂首向天。

切不可把我的自信当作孤傲，

我在用自信兑现当初的诺言——

花一定会长成果实，

终究会甜透人们的嘴唇和心田。

不管我的头仰得多高，

我的心却一直很谦卑、很柔软：

不会忘了——

春的风柔、夏的雨顺，

不会误了——

花的期待、果的华年，

不会负了——

泥土的润泽、日光的照射，

更不会弃了——

山楂骨子里该有的甘甜。

始终坚信，

芽，能催开花；

花，能成全果；

果，就一定能酿出甜蜜；

哪怕经受再痛苦的涅槃。

不管春到秋有多长的路途——

路有多远，

我的心就有多远。

我绝不会错过生命的接力，

更不会无视美好的遇见。

飘落的叶子

一树的叶子，

在寒风中飘飞。

可你并没有飞到远处，

这现象真的很令人惊奇——

紧紧地围绕在山楂树下，

就如儿女们将母亲围聚。

也曾郁郁葱葱，

绿叶滴翠；

也曾吸收空气、阳光，

让整株树更有精神和活力；

也曾陪衬花朵，

增添她的艳丽；

也曾呵护果实，

由青变红，酿出甜蜜。

春夏秋冬，

风霜雪雨，

一直在低调中努力。

最早，

初春中走来；

最晚，

残冬中离去。

你知道，

枝干给了你奉献的平台，

更是泥土深深滋养了你。

因此，

你最终还要回归大地，

化为泥土——

作为一份滋养，

将新的叶子和花果孕育！

最后那片叶子

低温来了，
不怕；
冷雪飘了，
不怕。
飕飕的寒风，
吹落了一树的叶子。
唯有你，
还在枝头高挂。
心疼地问上一句，
这到底为了什么？

是不是在回味那红红的果实，
骄傲今秋的繁华？
是不是在陶醉一年的经历，
陪伴花和果，
走过了暖春、盛夏和晚秋？
是在坚守吗？
坚守到最后一刻，
以不屈服的姿态
向严冬做最庄严的表达？

是在牵挂吗？
牵挂最后一片叶子飘落，
谁来陪护满树的枝条，
和冷雪寒风斗杀？
是在等待吗？
等待下一个轮回，
又一个春天到来，
枝头萌芽，
一树花开，
红果硕硕映衬满天云霞？

而今，
枯了，黄了，
仍以生的姿态去死，
不管为了什么，
都应是一段传奇和佳话！

枝干的承诺

白花谢了，

红果摘了，

一树的叶子黄了枯了落了，

现在，

只剩下光秃秃的枝干。

也许有人会说，

没看到今年的繁华，

有着不小的遗憾。

别急，

还有很多机会和时间。

可以向你承诺，

只要岁月不老，

就能满足你的心愿。

我会用整个明年，

为你演绎

繁华的今年。

微风如歌，

细雨像诗，

云朵无限缠绵。

朝霞似锦，

夕阳像火，

星光尤其浪漫。

不会辜负季节，

我能挺立成一副骨架，

支撑出一棵树的神韵；

我会自觉做一个平台，

展现出一棵树的繁华万千。

不会蹉跎岁月，

我的枝条上，

该绿的绿了——

绿叶滴翠；

该白的白了——

白花如雪；

该甜的甜了——

红果似丹。

我用一树的芬芳，

温馨失望的心灵，

美丽你的遗憾；

我用醇厚的甜蜜，

浸润你的希望，

让你在期待中圆满。

根

岁月更替，
季节轮回，
一年又一年，
一春又一春。
你一直没有倦怠，
更没有一丝消沉。
似乎永远年轻，
怎么也看不出年轮。
心地纯洁，
虽然看不见，
却懂你的心。
只倾心于一件事情，
扎根，扎根，扎根！

树冠越大，
根子扎得越远；
树干越高，
根子扎得越深。
为了树的挺立，
你根须纷纭；

为了花艳果甜，

你错节盘根。

树干越往上长，

你就越往下边和周边延伸。

心无杂念，

虽然看不见，

却懂你的心。

只忙着做一件事情，

扎根，扎根，扎根！

不在乎别人夸赞叶绿芽嫩，

不在乎别人夸赞白花温馨，

不在乎别人夸赞红果甜蜜圆润，

不在乎别人忘记了地下的树根。

固本，

一直就是本分；

奉献，

从来就是责任。

低调，

是一种高品质的智慧；

单纯，

是看似拙笨的机敏。

大智若愚，

虽然看不见，

却懂你的心。
只专注于一件事情，
扎根，扎根，扎根！

实际上，
你是再聪明不过的"哲人"。
你知道，
根连树，
相依相存；
树连根，
难离难分。
你更清楚，
你的价值，
只能让树去呈现；
树的成就，
必须由你做根本。
树倒了，
你便失去了存在的价值；
你没了，
树再大也难以立身。
叶茂，
一定是根子扎得远；
树大，
全凭根子扎得深。

儿子，
自然源于母亲；
树根，
才是树的灵魂。
为此，
你便只热衷于一件事情，
扎根，扎根，扎根！
永远扎根！

致敬一高

我和你

——庆祝淮阳一高十八华诞

我和你，

同年，

同岁，

同生日。

十八岁了——

你的年龄，

伴着我的心理。

十八年前，

我的心

便和你诞生在一起。

从此，

灵魂有了家园安放，

精神有了去处皈依。

这，

也许就是宿命，

或许，

它是不可复制的奇遇。

我和你，

同命，

同运，

同呼吸。

庆幸，

我在对的时间，

对的地点，

遇到了，

最对的你。

从此，

我就一直在你的梦里，

你便一直在我的心里。

我的整个灵魂，

始终飞翔在你的世界里。

你的方向明确，

我就不会迷离；

我的碗里不会缺饭，

因为你的锅里有米。

你就是我的家——

虽然不是我家的。

我有个性，

但更坚守你的方圆规矩。

我深信，

你是什么，

我便是什么。

地老天荒，

你我便合二为一。
你有挫折，
我便焦虑；
你有荣耀，
我便欣喜。
你若是船，
我乐意是勇敢的水手；
你若是海，
我乐意是欢快的小鱼；
你若是山，
我甘愿做一粒石子；
你若是树，
我甘愿是绿叶相依。
你荣我荣，
你衰我耻，
你的平安和昌盛，
便是我虔诚的祈祷和希冀！

我和你，
同心，
同向，
同步履。
十八岁生日，
和你一起回望，

十八年的艰辛——

峥嵘的过去；

十八岁生日，

和你一起陶醉，

十八年的辉煌——

不凡的业绩。

一路走来，

你鼓舞着我，

我陪伴着你。

你的故事里，

有我的故事；

你的足迹上，

有我的足迹；

你的曲折里，

有我的怅叹；

你的臂膀上，

有我的膂力。

三尺讲台，

连接着你的每一寸热土；

一腔热血，

澎湃出和你一样的频率。

曾经为你——

踏月光，

戴星宇；

曾经为你——
拓荒野，
披荆棘；
曾经为你——
勇担当，
不迟疑；
曾经为你——
扛红旗，
争第一。
我的双眼，
始终见证着
你的崛起；
我的双手，
和你一起铸造
教育的奇迹！
我从不后悔，过往的
冲锋陷阵，
呐喊摇旗；
同着你的骄傲，我感到
欣慰幸福，
自豪有趣！

我和你，
相亲，

相爱，

相珍惜。

你和我，

不是生硬的捆绑，

而是使命

把我们召唤到一起。

我们的经历，

不是爱情故事，

却一样缠绵美丽。

爱殷殷，

情依依，

今生今世，

刚好遇到你。

想你，

有种骨子里的甘甜；

念你，

那是血脉中的相契；

品你，

我是你千万中的一个；

爱你，

你是我万千中的唯一。

难舍，

千年万年——

晴里，雨里；

难分，

千里万里——

醒里，梦里；

难离，

千曲百折——

日里，夜里；

难弃，

千祝万颂——

荣里，辱里。

我知道，

我不能永远陪你往前走，

而我的心

却可以伴随你，

重新开局，

一走到底。

因为，

我的灵魂已经

融入你的灵魂；

因为，

上天早已把我

托付给了你！

两棵喜树

我们是学校的特殊礼仪，
自豪地站在门口迎来送往。
我们是学校的一对标配，
骄傲地代表着她的形象。
我们似乎又是一张名片，
让学校的名字更响亮。
请相信，
学校有什么样的风范，
我们便会有什么样的模样。
一天天，一年年，
和师生们一起送走晚霞，
又和他们一起迎接朝阳。
风雨同担，
彩虹共享，
我们见证着学校的发展，
和她一起快乐地成长。

喜树，
听听名字，
就知道我们有多么高兴欢畅。

真的，

我们好喜欢——

喜欢听铃声的清脆悠扬，

喜欢听读书的声音琅琅。

喜欢听班级的宣誓震天，

喜欢听满园的歌声嘹亮。

喜欢听教师们授课的抑扬顿挫，

喜欢听学生们激情四射的演讲。

喜欢听颁奖词的深情赞许，

喜欢听军体操的口号铿锵。

喜欢听中考、高考的捷报频传，

喜欢听校长描绘前景的大气爽朗。

喜欢听鸟语嘤嘤，

喜欢听树叶在微风中沙沙作响。

…………

即便不说话，

可我们的眼睛

始终把校园里的一切打量。

我们爱看，

草绿了，

花开了，

山楂红，

枇杷黄。

我们爱看，

孔雀优雅地开屏，

鱼儿在池塘里自在地游荡，

白鸽无拘无束地盘旋，

五星红旗高高地迎风飘扬。

我们更爱和大家一起——

品味来路的艰辛，

白手起家，

奋力拓荒；

回望路途的坎坷，

风雨兼程，

意志如钢；

分享丰收的喜悦，

凯歌高奏，

韵味悠长；

高迈前进的脚步，

止于至善，

初心不忘。

我们两棵树

比邻同框，

就是要告诉你，

学校经常会

双喜临门，

好事成双。

有人说，

一棵就是你，

一棵就是我。

不管是你还是我，

都会在这块沃土上健康成长。

有人说，

一棵就是昨天，

一棵就是今天，

不管是哪一天，

都自始至终灿烂辉煌。

有人说，

一棵就是初中，

一棵就是高中，

不管是哪个学段，

都会谱写教育教学的华章。

有人说，

一棵就是一线，

一棵就是后勤，

不管是哪个岗位，

都是学生成长的有力保障。

有人说，

一棵就是教师，

一棵就是学生，

不管是什么身份，
都一样会演绎精彩和辉煌。

我们这两棵喜树，
荣幸地守卫在学校门口，
慢慢地和她一起成长。
我们会一直陪伴她，
走向地老天荒。

贺高考、中考大捷四首

　　淮阳一高的高考、中考连年大捷，可喜可贺！一次次大捷，看似偶然，实是必然，更是当然！每次都喜不自禁，感怀自生。

感怀淮阳一高 2019 年高考、中考大捷

高考，
中考，
已经是老生常谈，
可一提到淮阳一高，
每年的"刷新"都很光鲜！
一年又一年，
捷报频传；
一次又一次，
辉煌得耀眼。

十六年了，
连续了一个又一个"偶然"——
偶然得令人雀跃，
偶然得让我们坦然。

没理由不自信——
不论多少次"偶然",
都是意料之中的"果然",
最终途归"必然",
"宿命"成不可逆转的"当然"!

"当然",
本来就不是证伪的命题,
我们会有一万个理由证验——

我是淮阳一高人,
我铸淮阳一高魂,
当然,
我们的品质绝非一般;

今天,我为一高骄傲,
明天,一高为我自豪,
当然,
一高的荣辱时刻扛在我们双肩;

由规模到质量,
由质量到品牌,
当然,
我们秉持求真致远、止于至善;

我的心中有个梦，

要办一所好学校，

当然，

这样的情怀深似海、高如天；

让学生吃得好、睡得香，

玩得痛快、学得快乐，

当然，

四维目标精准全面、远瞩高瞻；

五级对抗，斗志昂扬，

三誓三唱，澎湃力量，

当然，

师生们会化身斗士勇往直前；

逢冠必夺，唯一必争，

扛着红旗回家，

当然，

奋斗的意志会把普通塑造成典范；

"216"教学模式，

一教一位一品特色课程，

当然，

课堂文化让学生长出翅膀去飞天；

标准化建设，
科学化引领，
当然，
优质管理涵养出言行举止的高雅不凡；

高中提升上台阶，
初中保稳固质量，
当然，
两面红旗争妖娆，竞鲜艳。

京华研学，黄河寻根，
专家讲座，名师讲堂，
当然，
思想和文化一定会浸润出丰富的情感。
…………

这一个又一个"当然"，
不是无序的堆积，
而是全方位逻辑关联，
最终，
迸发出一股难以抗拒的力量——
梦想唤醒了，

咸鱼就能翻身；

激情点燃了，

鸡毛也会上天。

十六年了，

每一个"当然"，

就如一个个逗号，

停顿得那样安稳，

绽放得如此灿烂；

十六年了，

每一个"当然"，

紧密地关联在一起，

又会熔铸成一个全新的符号——

一个震撼人心的大大的惊叹！

贺淮阳一高 2017 年高考大捷

知道这一天要来，

它是必然；

知道这一天会来，

它是当然。

也许你会瞠目结舌——

怎么又一次偶然！

李想摘取周口文科状元时，

你不容置疑地说：

绝对偶然！

李林林摘取周口理科状元时，

你不屑一顾地说：

只是偶然！

刘笑然摘取周口文科状元时，

你愤愤难平地说：

又是偶然！

李轻飏摘取周口理科状元时，

你有点着急地说：

还是偶然！

张乐乐摘取周口文科状元时，

你有点失色地说：

又一次偶然！

王会心摘取周口文科状元时，

你怅然若失地说：

偶然，偶然！

周彤摘取周口文科状元时，

你仰天长叹说：

偶然哪，偶然。

今天，

当常远摘取了淮阳理科状元，

你是否真的瞠目结舌:

怎么又一次偶然!

48 名同学梦圆清华北大,

你一脸狐疑地说:

为何那么多偶然?

一本人数呈几何级增长,

你不无焦虑地说:

可怕的偶然!

一高,

是个有"话"可说的地方。

也许曾是你嘴里的笑话,

这个笑话的名字就叫"偶然"。

可是,

你笑,我却不笑。

我把你的笑话演绎成了

美丽的童话。

这个童话的名字叫作"必然"。

我继续深度创作,

把它提炼成庄严的神话。

这个神话的名字就叫"当然"。

我还要升华出它的最高级,

它的名字就叫"理所当然"。

一高，

是一所哲学的课堂，

会让人们明白许多道理：

无可生有，

旧可变新，

少可聚多，

弱可图强，

最终超群卓然。

量的累积，

推动质的跃升；

叠加的"偶然"，

铸就辉煌的"必然"！

这样，

当你感到很茫然的时候，

我却很坦然！

贺淮阳一高 2017 年中考大捷

高考赢了，

中考也会赢。

今天，

果然赢了，

赢了又一个惊人的"果然"。

果然，
我们赢得
果然不凡——
一树花开满堂彩；
我们赢得
果然彻底——
干干净净意盎然!

我们赢了，
不突然，
也不偶然，
这是年轻一高
连续十四次的中考"果然"。

我们期待了三年，
这个果然，
没有悬念；
我们准备了一千多天，
这个果然，
理所当然!

深情的眸子，
曾经注视一个个辉煌的"已然"；

有力的双臂，
曾经拥抱一个个灿烂的"正然"；
而今，
则把怒放的心花，
奉献给令人惊异的"果然"——
那是我们曾经
魂牵梦绕，翘首以待的"将然"。

此刻，
让我们陶醉吧——
没有戒备的慵懒；
让我们享受吧——
没有顾虑的悠闲！
打开心灵的笼子，
与白鸽同飞，
体验空前的恬适与安然！

此刻，
感到很幸福。
在一高的树荫下仰望，
枝头挂满了果实，
硕大甘甜。
它们的名字，
应该叫作"果然"！

喜闻淮阳一高高考、中考大捷

　　梅开二度,好事成双。我校高考大捷,摘取全县前六名;今日又传中考大捷,囊括全县前七名,全县前一百六十名,我校占一百名。感此,心潮难平,顺口溜成六十六句,以示祝贺:六六大顺,顺了又顺!

相　贺

十八天内捷报频,
高考中考两佳音。
先初"六魁"登榜首,
而今"七杰"不让人。
更有榜前一百六,
一分为八我五分。
花落谁家尘埃定,
顾后思前难沉吟。
喜树枝头看喜果,
合欢荫下说欢欣。
花香鸟语呈祥瑞,
笔歌墨舞诵诗文。
文泰瞩目意款款,

明志颔首情殷殷。
踏浪东海试捉月，
凌空长天敢拿云。
登峰造极放歌远，
一览众山比高邻！
痛饮千杯人不醉，
喜告万家难尽心。
腾飞翔宇相揖手，
高朋满座庆盛勋！

相　依

高中初中花并蒂，
六月争艳夏胜春。
唇齿小可关冷暖，
肱股大任连骨筋。
心心互印难舍弃，
惺惺相惜一家亲。
高山流水知君意，
双剑合璧化为神。
风雨洗礼奔大道，
秋以续夏晨继昏。
携手共筑一高梦，
万人同调心不分。

筚路蓝缕终不悔，
岂顾狂沙伴埃尘！
十年砥砺铸宝剑，
干将莫邪利断金。
相依相靠相扶持，
一心一意一荣损。
得风得雨得人和，
天然天成更天真。
黄钟大吕弹高调，
阳春白雪奏好音。

相　慰

白云苍狗转乾坤，
沧海桑田日月新。
斗转星移十三载，
一高永不改精神。
江河横流英雄色，
大风高唱卓不群。
唯冠必夺本吾志，
逢一要争是我心。
士别三日刮目看，
幼苗成林威森森。
十三连冠非偶然，

树大笑凭根基稳。
王者引领事业生，
侪辈追随一路奔。
关山更助壮士胆，
浪涛难遏赤子魂。
回望来路应无悔，
凯歌高奏慰自尊。
百尺竿头更进步，
一往无前不逡巡。
大梦初成风情盛，
骄傲我做一高人。

文泰指文泰楼；明志指明志楼；腾飞、翔宇、高朋，分别指高三复读部主管校长李腾飞、高中部主管校长时翔宇、初中部主管校长高鹏。

闫圆梦，梦圆了！

——祝贺闫圆梦同学被清华大学录取

你的名字叫圆梦，

你的期待是梦圆。

今天——

梦圆就在今天！

高考 700 分，

给了人们一个大大的惊叹；

大红的通知书，

召唤你迈入清华园！

筑梦，

始于十二年前；

追梦，

整整一个地支的循环；

而圆梦，

就在幸福的瞬间。

难以估猜你的当年，

起跑是否抢先；

却知道你奔跑的路上，

从来没有过怠慢；

更骄傲你辉煌的今天，
笑到最后，赢在了终点。

十二年来，
梦想不灭，
时刻矗立脑海，
你用意志雕篆；
十二年来，
梦想鲜活，
一直藏在心间，
你用血汗浸染。
今天的结果，
不是逆袭，
也不是翻盘，
更不是偶然和侥幸，
而是呕心沥血换来的必然！

梦圆的消息，
超爆超燃。
你的家人，
想必欢呼雀跃，
泪盈双眼；
不止你的家人，
你的老师，

自豪得近乎癫狂，

就如自己中了状元；

不止老师，

你的校长，

把腰杆直直挺起，

满脸的笑容更加灿烂；

不止校长，

你的学长学姐，

奔走相告，

等你，荷塘月色里相见；

不止学长学姐，

你的学弟学妹，

虽然名字不叫圆梦，

可立志定把梦圆。

…………

不止这些，

喜讯，

沸腾了整个校园；

消息，

刷爆了一个又一个朋友圈——

全社会都在瞩目，

一颗新星是如此耀眼！

当然，

你会比别人更多感叹——
书山路难，
你登上了峰顶；
学海无边，
你渡到了彼岸。
天才出于勤奋，
十二年的追梦胜过有力的雄辩！

也许，
你没有陶醉于我梦已圆；
沉思静想，
规划出一个新的十二年——
人在旅途，
前程尚远；
铭记初心，
如临河川；
追梦不止，
为了更加瑰丽的梦圆！

一缕永远的春光

——致敬郑春光

一缕春光，
你是一缕明媚的春光——
曾把黑暗驱散，
曾把寒冷的冬夜照亮。
火光，就是命令，
火场，就是激烈的战场。
虽然脱去了军服，
并没有改变
军人的本色和模样。
救人救物，
绝不犹豫；
舍生忘死，
没有丝毫的彷徨。
尽管身躯倒下了，
灵魂却挺立成不倒的形象。
瞬间便是永恒，
精神的旗帜将久久地飘扬。

一缕春光，
你是一缕温暖的春光——

曾用你的温度和亮度，

温暖了母校，

照亮了亲爱的同窗——

难忘你，

给有病的同学洗衣、买饭，

忙前跑后；

背受伤的室友上课、下课，

一日三晌；

难忘你，

济助困难的学友，

慷慨解囊，

鼓励自卑的同学，

诱导有方。

曾用你的温度和亮度，

温暖了战友，

照亮了部队的营房——

难忘你，

冰天雪地里

坚守不懈，

兵营操场上

英姿飒爽；

难忘你，

竞技比武

一次次夺魁，

荣誉面前

一次次推让。

曾用你的温度和亮度，

温暖了邻里，

照亮了生养你的故乡——

难忘你，

带领民兵排的战士

刻苦训练，

为兴村富民

把大计共商；

难忘你，

给五保老人

洗衣、晒被、剪指甲，

为群众脱贫

挂肚而牵肠。

一缕春光，

你是一缕并不孤单的春光——

23 岁的年龄，

虽然年轻，

却踏出了一行最美的脚印；

23 年的人生，

尽管短暂，

却绽放出了一缕最艳丽的光芒。

你用大爱，

再一次回答了"金子换石头到底值不值"的疑惑；

你用真情，

再一次唤醒了冷漠、无情、自私和迷茫。

大爱无疆，

终能融聚每一颗心灵；

真情无价，

定能把人们引领到纯洁、高尚。

英雄一去不回头——

因为英雄的本色就是，

赴危救难，

侠义担当。

英雄路上不孤单——

因为时代呼唤英雄，

人们心底里对英雄崇拜和敬仰。

看吧，

在你的前面，

走着邱少云、罗盛教、黄继光……

与你同行的，

还有彭秀英、张丽莉、李芳……

这支英雄的队伍，

很长，很长。

它会一直延伸到未来，

延伸到遥远的前方……

一缕春光，

你是一缕永不熄灭的春光——

那个残酷的寒夜过去了，

可你精神的温度

并没有变凉；

那场无情的大火熄灭了，

而你带来的那缕春光

却越来越明亮。

英雄去哪儿了？

是不是又要出发，

已经背起了行囊！

人们相信，

不管你走向哪里，

都会筋骨不倒，

挺直着脊梁；

不论你遇到什么情况，

都能军魂不败，

威武成金刚。

你用大写的"人"字姿态，

固牢人民军队这面铁壁铜墙；

你那"快来救火"的最后声音，

喊出了见义勇为的生命绝唱！

我们自豪——

你

不愧为伏羲氏的后代；

我们骄傲——

你

是河南人民的好儿郎！

愿我们的英雄走好，

一路安详！

历史会永远记挂你，

因为你是一缕

永远不会熄灭的春光！

　　郑春光，男，出生于1990年，淮阳一高优秀毕业生，淮阳县郑集乡退伍军人。2014年1月30日，郑集乡政府斜对面的一家服装店突然冒出滚滚浓烟并伴有爆竹爆炸声。面对险情，郑春光义无反顾冲进火海救人，献出了自己宝贵的生命。牺牲前一天，他刚刚与女友定亲。2月5日，淮阳县为郑春光举行追悼会，当地上千群众自发赶去为英雄送别。郑春光先后被淮阳县授予"见义勇为青年"称号，被共青团周口市委追授"见义勇为青年英雄"称号，被河南省委、省政府、省军区授予"践行社会主义核心价值观模范民兵干部"荣誉称号。淮阳一高在校园里为郑春光树铜像一座。

过　客

——致敬追梦不止的一高人

走吧！
田野里的花开了，
一定很艳丽。
园子里的草青了，
也一定很婆娑。
南飞的燕子回来了吧，
还会在去年的房檐下垒窝。
蓝天如洗，
还有白云朵朵。
一夜星辰，
也许璀璨闪烁。
再美的风景
都迷不住过客。
走！
我的归宿，
是前面的村落。

走吧！
歌声甜美，
可甜透耳蜗。

舞姿迷离双眼，
体态婀娜。
好朋友百般殷勤，
菜肴摆上了酒桌。
他说酒尽兴了，
再去跳舞唱歌。
这一切，
看似已无法推托。
无论怎样，
都留不住过客。
走！
我的归宿，
是前面的村落。

走吧！
不管有多深，
也要蹚过这条河。
不管有多高，
也要翻过这个坡。
前面的路再弯曲，
也不能蹉跎。
脚下的泥巴即便再多，
不过是踏出一路坎坷。
刀风剑雨，

我都不会畏缩。
千难万险，
都挡不住过客。
走！
我的归宿，
是前面的村落。

走吧！
沿途的一切，
和我都无瓜葛。
几个醉汉跌跌撞撞，
那就绕道而过。
一个无赖骂骂咧咧，
那就什么也不说。
曹操的头痛病犯了，
管他请不请华佗！
一前一后追赶的一对，
甭问是不是韩信、萧何！
已经着魔入道，
什么都羁拦不住过客。
走！
到了那个美丽的村落，
我就是骄傲的主人，
再不是匆匆的过客！

学生的模样

高三学生毕业合影，
有一个女生特别像老师樊方。
是不是有个妹妹在这里读书？
樊方用微笑回答我问得荒唐。
百思不解，
豁然开朗——
谁养的孩子仿谁，
谁教的学生和谁相像。
教师是什么模样，
学生就是什么模样。
你卓越，
学生就卓越；
你阳光，
学生就阳光；
你优雅，
学生就优雅；
你端庄，
学生就端庄。
心血和汗水浇灌，
桃李一定芬芳。

言行举止，
耳濡目染，
学生就成了你的影子，
成了和你一样优秀的模样！

园　丁

你的天地很狭隘，
每天，
自囿自娱在园子里，
从南到北，
由西往东。
你的地位也很卑微，
卑微得就如你的名字。
也只有花草树木，
才认识你的面容。
可你，
却有一份特异的功能——
你能听懂花的语言，
你能感知草木的脉动。

人头攒动的地方，
没你；
镜头闪烁的场景，
没你；
鲜花掌声的恭维，
也没有你；

众星捧月的追崇，
更不见你的身影。
不在乎被忽视和被遗忘，
哪有心思顾得上辱和宠！
你只在乎，
草绿了没有，
花儿红了还是没红。
你对充满生命和诗意的园子，
才会情有独钟。
因为，
你的名字是园丁，
你的职责是园丁，
你的最爱也是园丁！
手脚一直在忙着，
灵魂也一直在忙个不停。
忙着和泥土对话，
忙着将花草侍弄；
忙着把深深的感情，
融入花草；
忙着把春夏秋冬每一个季节，
打扮成该有的模样和情景。

你粗陋，
因为你把精细给了花草；

你平凡，

因为你把雅致给了众生。

你是大俗，

俗到极致便雅致到巅峰。

只是世俗的眼睛，

轻易看不到，

真正的高尚和神圣！

诗意一高

淮阳一高的颜色

一高的颜色，
是什么？

一高的颜色，
是那林立的楼群——
一色的哈佛红。
这种颜色，
是卓越的图腾。

一高的颜色，
是那盘旋的白鸽——
一色的洁白。
这种颜色，
是平安的象征。

一高的颜色，
是那满园的大树——
一色的碧绿。
这种颜色，
是生命的精灵。

—高的颜色，
是那百日红的怒放——
一片片火红。
这种颜色，
是激情的喷涌。

—高的颜色，
是什么？
她是
紫藤的花穗，
合欢的落英；
她是
灰雁的翎羽，
孔雀的开屏。
—高的颜色，
流光溢彩，
异彩纷呈！

—高的颜色，
是什么？
她是
香气溢远的木瓜、枇杷，
风雨把它们洗得金黄金黄；

她是

甜透唇喉的山楂、柿子，

暖阳把它们晒得通红通红。

一高的颜色，

诠释了成长，

蕴含了厚重!

一高的颜色，

丰富多彩，

可她有一种基本的底色，

那就是永远不会变色的红。

不信你看，

那满园的红墙，

飘扬的红旗，

大红的贺信，

火红的证书，

更有那奔涌的热血，

和那红得沸腾起来的豪情!

一树花开

那一树的桃花，
悄悄地吐蕊，
童话般天真玲珑。
叶芽还蜷曲在褓褛里，
似睡似醒。
没有谁的陪伴，
照样一往情深。
不能误了春日，
不会愧了东风。
非常抒情地绽放，
绽放出一树的妖娆，
一树浪漫的粉红。
不为谁来喝彩，
也不怕谁会伤情。
悄悄地盛开，
悄悄地凋谢，
似乎就完成了一个季节的使命——
绽放，
耗尽了所有的芳华，
却给春天，
留下来一个青涩的梦。

枫叶对话石楠

枫叶告诉石楠：

亲！

当你稚嫩的芽尖刚刚舒展，

便呈现一种夺目的色彩——

如东海朝阳，

似西山霞红。

把满腔的血，

酿成对季节的忠诚。

一片红，

陪衬了六月——

让花更白；

陪衬了十月——

让果更红；

陪衬了春天——

让叶子更绿；

陪衬了秋到冬——

让岁月更年轻。

而后，

你又是那样的低调，

谦虚了整个夏季，

彤彤的红化成一抹绿，
悄悄融进郁郁葱葱，
躲入枝叶间，
把自己变得普普通通。

石楠告诉枫叶：
亲!
没有辜负太阳
给予的恩宠。
你曾用一片绿，
把岁月摇曳得妩媚娉婷。
沐浴一场场冷霜，
涅槃出红色的精灵。
比二月的花娇艳，
比六月的叶老成。
将秋天装扮成另一番模样，
还说什么对冬天有点薄情。
请相信，
岁月厚道，
不会蛮横。
因为你拥有
光彩的一生——
一片嫩芽，
那是善始；

一片红叶，

那是善终。

不曾蹉跎光阴，

绿也光荣，

红也光荣！

枫叶与石楠共语：

亲！

心为友，

情相通。

我们在飘零的季节遇见，

是不是早有伏笔约定！

石楠红，

枫叶红，

我们红出了一样的特征。

红变绿，

绿变红，

我们更红出了不同的个性。

惺惺相惜，

意趣与共，

绿，把日子绿出了诗意；

红，把红映衬得更红。

不管怎样，

谁都不是为了向时光邀宠。

我们骄傲，
骄傲我们有一段曲折的历程——
拥抱韶华，
曾把生命染成碧绿，
燃成火红！

迎春花

——题郭凤摄影作品《迎春花》

一朵花，

只为春而生。

不开，

春就藏在你的梦里；

盛开，

春就绽放在你的金黄里。

你的芬芳，

吻香了春风；

风的抚摸，

温柔了你的笑靥。

迎春，

是你的承诺，

更是你庄严的使命。

于是，

你开了，

春天也就来了。

百日红

你真的太低调了，
沉默了整个春天，
姹紫嫣红中，
寻不见你的身影。
直到六月底，
才悄然露出了峥嵘。

原以为，
红，是你唯一的颜色，
谁料得，
银的、紫的、粉的、红的……
挤满了你的阵营。
惭愧我的孤陋，
竟不知你如此包容。

你把六月，
唤醒了呓梦；
你把七月，
装点得更红；
你把八月，

燃烧得如火；
你把九月，
映衬得很隆重。
即便到了十月，
你就要谢幕了，
还不忘拜托叶子，
宣示顽强的生命。

夏以续秋，
你烂漫了两个季节。
花无百日红吗？
你的名字本身，
就是在勇敢地挑战传统！
你是夏天的一个神话，
温馨了很多人的心情。
百日红，
千日红，
满堂红！
你那么多的名字，
每一个都让我深深地敬重！

春天的落叶

是背叛，
还是要与季节抗衡？
正该萌发的季节，
你却选择从枝头飘离。
没到秋季，
一定不是秋风萧瑟了你；
更没到冬季，
也一定不是冰雪残虐了你。
春天飘落，
似乎是自己抛弃了自己。
原来，
你是在用行动，
讲述春天的故事——
让新芽更茂盛，
让花朵更艳丽，
更是为了，
让秋天的果实更香甜，
更硕大无比。
你心甘情愿地飘落，
飘落出一种凄美，

悲壮地完成生命的交替。
终于明白，
你才是最清醒的圣哲，
以毫不犹豫的牺牲，
去捍卫树的尊贵，
去庄严生命的一种逻辑！

春雨要出嫁了

春雨要出嫁了，
春季就是她的新郎。
不知道他们的恋爱
始于何年何月，
但却知道
他们一定会爱到地老天荒。

婚期就在春天里，
这一天没有灿烂的阳光。
她欣喜她激动她幸福得直哭，
于是哭湿了哭润了干燥的空气，
哭酥了哭软了封冻一个寒冬的泥壤。
这一哭，
便温暖了曾经冷酷的时日，
季节因此不再荒凉。

婚礼好温馨好浪漫，
浪漫得整个春天都充满吉祥——
玉兰花是她的头饰，
满园的嫩叶、萌芽是她的嫁妆。

杏花为她撒下一路花瓣，
桃花为她编织了一堵堵花墙。
青草为她铺展好绿绿的地毯，
鸟雀们把《婚礼进行曲》高歌唱响。
迎春花扮作迎亲的天使，
春风便是她最贴心的伴娘。
春季将她轻轻揽入怀抱，
"我爱你"的真情告白当然感动上苍。

你望着我，我望着你，
那是温馨一个季节的深情对望。
然后十指相扣，
定山镇海般的婚誓无比铿锵：
拥抱韶华，
不负春光——
准一个百花绚烂，
万物萌长；
许一个春华秋实，
硕果飘香！

芍药之约

无意迟到和爽约，
更无意辜负阳光和风雨。
望着春天的背影，
执着地选择了五月，
给人最豪华的视觉享受——
端庄的白，
火热的红，
高雅的粉，
更有奢华的紫，
一起绽放，
绽放出惊人的瑰丽和神奇。
凭着这种资格，
邀约，
约来了百花之王牡丹，
也约来了玫瑰月季，
更有满园的五彩缤纷，
加上满园的蓊蓊郁郁。
陪着你这花宰相，
满怀激情和诗意，
一块儿，

把岁月富贵，
把季节艳丽！

紫藤五首

传说有一个美丽的女孩想要一段情缘,她每天都向月老祈求。被感动的月老答应了她的请求,在梦中对她说,春天的时候去后山的小树林,就会遇到一个白衣男子,那个人就是她想要的情缘。女孩在树林里等待的时候,被草丛中的蛇咬伤了,心里害怕极了。

这时候,白衣男子出现了,帮她吸了毒血,女孩深深地爱上了这个男子。但是白衣男子家境贫寒,他们的婚事遭到了女孩家人的反对。最终两人双双跳崖殉情。在他们跳崖的地方,长出了一棵大树,树上缠绕着一棵藤,盛开着紫色的花朵。后人便把藤上开出的花朵称为紫藤花。紫藤没了大树不能独自成活,众人便把紫藤当作那个女孩的化身,那棵大树便是白衣男子的化身。

花、藤蔓和大树

我们的故事,
讲了一遍又一遍,
依然新鲜;
那段爱情,
延续了一年又一年,
一直缠绵。

无论在乡野，

还是在悬崖边，

你和我，

都是故事的主角。

凄美的传奇，

让每个人都会唏嘘慨叹。

生前不能牵手，

灵魂也要相伴。

孜孜以求的梦想，

终于被一棵树和一株紫藤成全。

我托身成紫色的花朵，

并把爱恋

幻化为长长的藤蔓。

你沉稳地挺立，

挺立出不可撼动的伟岸。

依着你，

可劲地攀缘。

花串低垂，

爱意殷殷，

延宕成难了的思念；

藤蔓蜿蜒，

深情拳拳，

缠绕出不尽的留恋。

彼此的心意，

在相守相望中传递；
无限的期待，
在相牵相扯中圆满。
江河不竭，
岁月不老，
我们的感情，
也会永远地缠绵。

那段故事

那段故事，
哀婉动听，
缠绵了一个又一个
春夏秋冬。
千年，万年，
最终，
缠绵成一株紫藤。
到底是今生的孽缘，
还是前世的注定？
生，恨不能善始；
死，也要求个善终。
一串紫花，
就是一个紫色的灵魂，

更是一段紫色的柔情。
依着藤蔓，
怎么也割不断的相思，
永远都诉不完的忠诚。
那份温馨和凄美，
即便铁石，
也会疼痛！

美丽的矛盾

紫花很美，
紫色的花散着紫色的芳香。
藤蔓似乎很丑，
身姿委屈得不敢张扬。
可是，
很美的花，
却在很丑的藤蔓上绽放。

紫花很柔，
柔得叫人软了心肠。
藤蔓显得很刚，
扭曲出一股愤怒的力量。
恰好，

很柔的花，
陪伴着藤蔓的刚强。

紫花花期很短，
仅仅几十天的时光。
藤蔓的寿命很长，
长到地老天荒。
真巧，
长命的藤蔓，
陪伴着紫花年年芬芳。

紫藤的春天

万紫千红，
争奇斗艳，
是不是春天的空间太小，
早已被她们挤满？
而你，
压根就不想追风赶潮，
一直在静静地休眠。
将躯体委屈成一种清高，
把愿望等待成美好的永远。
如此，

你的春天来得很晚。

直到暮春，

似乎猛然惊醒，

可劲地吐蕊绽放。

满满的枝头，

一下子尽是紫色的斑斓。

其实，

你早就知道——

耐得住长久的寂寞，

才能扛得住

盛大的荣耀和繁华；

蓄积够强大的力量，

方可撑得起

高贵的灵魂和信念。

胸腔里藏满春意，

还忧愁什么——

人间少不了四月天！

紫藤的抗争

是不是招惹了造物主，

竟然剥夺了你直直的躯干？

就这样佝偻着，

一直贴着委屈的标签！

可是，

即便如此，

你也要立地顶天。

盘虬卧龙，

扭曲成一种信仰，

谁也别想阻拦；

长蛇蜿蜒，

缠绕出一种力量，

奋力向上攀缘！

似乎听到

咯吱咯吱扭曲的声音，

那是一声又一声

愤怒的呐喊！

狰狞的面目，

就是你的图腾，

志在把命运之神打翻。

要做精神的贵族，

何必在乎颜面？

不会说你丑陋、猥琐，

你的灵魂

是那样的伟岸。

你坚信，

没有直直的腰身，

却拥有长长的藤蔓。

你也能够
繁花灿烂似锦；
你也能够
枝叶蔽日遮天。
这一切足以证明，
你没有输给——
笔直的梧桐，
高贵的玉兰！

紫玉兰

不攀白色的高冷，
不慕黄色的优雅，
也不追红色的热烈，
只以一种紫色，
去把春色繁华。
紫色的蕾，
紫色的花，
同着紫色的灵魂，
还有那昂首向天的姿态，
便造就出超凡脱俗的高贵，
更造就出和之弥寡的潇洒！

为什么你的名字又叫木笔——
你那紫色的蕾，
就是一支支笔，
蘸满春意，
笔尖向上，
发出深情的天问，
再无曾经的辛辣；
春风摇曳中，

把浓浓的诗意
温柔地挥洒!

春风摇曳,
更摇曳出一树繁花。
紫色的花朵,
向上怒放,
是不是对天盟誓——
以高贵的绽放,
不负韶华,
不负这个多情的季节,
一往情深地
和春天对话!

月　季

不是为了姹紫嫣红的华丽，

不是为了一月一次的豪放；

不是因为杏花、桃花、梨花开了，

也不是因为菊花黄、水仙白、蜡梅香；

不是因为米粒般的苔花也开了，

也不是因为玫瑰、牡丹和所有的蔷薇都在绽放。

一切都和我无关，

不忧不惧、不急不慌。

它们开，我会开，

不能误了水分、养分、空气，

更不能负了热情的太阳；

它们不开，我也会开，

不止三月、四月、五月……

八月、九月、十月，一样芬芳。

你也许一年一季吧，

它也许一生一季吧，

而我，

只为那个励志的名字，

便作风情万千，

一月一次地张扬！

仙人的女儿

仙人球开花了，
有人撺掇我写首诗吧，
为那奇异的白花点赞。
写什么呢?
你本身就是一首诗，
一经绽放，
便诗意盎然。

你是一首短诗，
很短，很短。
从绽放到凋谢，
仅仅一天。
就是这么一天，
却圆满了诗意的起合承转。
你又是一首长诗，
很长，很长，
长过春夏秋冬，
长过百年千年。
一天，
就是一年;

每年，

都有这么绽放的一天。

月季，

红过 30 天；

满堂红，

红过 100 天。

而你的这一天，

胜却一月，百天，一年——

因为 365 天的沉默，

鼎力着这绽放的一天。

你是仙人的女儿，

因此才这么魔幻。

黑夜里悄悄绽放，

不张扬，不纠缠；

黎明后静静凋谢，

不失意，不眷恋。

把华丽尽情演绎，

将精彩无保留地奉献——

短短的一天，

留下了长长的纪念。

不要花与花的簇拥，

不要枝与干的支撑，

也不要片片绿叶的相伴。

一枝一枝，

从球茎上挺起；

一朵一朵，

在针棘中绚烂!

湿润，

你绽放；

干燥，

你也绽放。

望一眼，

便知道你贞如铁心如磐。

花如喇叭一样，

昂首向天。

你知道，

交流不需要高喊；

沉默和对望，

便是最为默契的语言。

苍天虽也无语，

可它却明白，

你在沉寂中蕴蓄出高贵，

荒凉和冷漠成就了娇艳!

秋

是什么颜料，

红了枫叶，

黄了菊花？

是什么魔力，

香了丹桂，

甜了山楂？

不会忘记风的情，雨的意；

不会辜负夏的热情，春的萌芽。

感恩吗？

不仅有绿叶，

更有芬芳和甘甜报答。

校园秋景

——题郭凤校园秋景照片

春的绿,

夏的黄,

躲哪儿去了?

原来,

都已融入秋的五彩缤纷。

春的天真,

夏的热情,

怎么没了?

原来,

完全蕴蓄为秋的庄重沉稳。

好想唱,

和着秋风;

也想画,

蘸着秋色;

更想写,

把每一片叶每一串果,

连缀成悠长的诗句。

此刻,

浓浓的秋色拥抱着,

恰如一股巨大的力量,

控制了目光，

也控制了脚步，

心，更被她死死地缠住。

只能禁不住地

前瞻后顾

东张西望。

盘桓流连中，

不自觉地慢慢醉倒——

醉倒在成熟中，

自己似乎也变得成熟；

醉倒在风景中，

自己也成了风景中的风景。

你说，

这是醉美，

也是臭美!

可是，

面对这醉人的秋色，

除了这种臭美，

还能怎么去美!

黄 叶

一片黄叶一季秋，
自古赚得离人愁。
今日飘零亦无悔，
早酿绿色染枝头。

校园桂花二次绽放

时入八月桂花香，
至今枯蕊尚未僵。
当须不负秋阳暖，
花开二度再芬芳。

落　叶

曾用枝头的鹅黄，
拥抱了暖暖的春风。
曾比知更鸟更早，
宣告了春意的浓浓。

当季节绚烂起来，
倾尽绿色，
映衬了万紫千红。
永远只做背景，
表达最真的尊重。
陪伴，
就是职守；
一路，
走向秋冬。

如今飘然落下，
是不是要做一次，
长久的休整？
不是证明
秋风扫荡了落叶，

也不是证明

落叶萧瑟了秋风，

只是为了最后

再壮丽一次风景。

婆娑的姿态，

舞动出

最美的风情。

蜡梅三首

你在等谁?

春天去了,
夏天去了,
仍然不开,
你在等谁?
秋天去了,
冬天很快也要去了,
依然不开,
你在等谁?
在等,
在等一个约会——
约会,
最冷的日子;
约会,
年末岁尾。
为什么?
因为你的名字叫蜡梅!

桃花开了,

海棠开了，

静静等待，

你在等谁？

菊花也开了，

似乎已经无花可开了，

依然不开，

你在等谁？

在等，

在等一个约会——

约会，

梅映雪白；

约会，

雪衬红梅。

最后还要，

和白雪共迎春归。

有一株蜡梅

有一株蜡梅，

真是令人惊诧——

每一朵花绽放，

全都低头向下。

娇羞吗？

用不着！
百花早已凋谢，
你可以傲视天下。
风雪中不屈的强者，
值得骄傲，
骄傲出不一样的潇洒。

惧怕吗？
用不着！
你的品格就是，
凌冬绽放，
和严寒斗杀。
寒冬，
只会成全你的冷艳。
最终，
把自己冷艳成一树奇葩。

低头，
为什么？
原来在蓄势，
蓄势是为了待发;
原来在感恩大地给你支撑和力量，
去与残酷的寒冬斗杀！

雪中梅开

下雪了，
梅花开了。
梅挽着雪儿，
雪吻着梅的唇。
一片洁白，
一缕清香，
把冷酷的季节温馨。
别再说梅逊色于雪了，
也别再说雪输香给了梅。
红梅白雪，
正是绝美的帮衬。
两者相搭，
便温暖了寒冬，
也叫醒了早春。

霜冻下的满地绿叶

曾经绚丽了春天，
也曾经把夏天葱茏；
曾经陪伴了花和果，
也曾经禁住了秋雨秋风。
但是，依然没有扛住
无情的寒冬。
那阵凛冽的风，
那场冷酷的霜冻，
那个零下八摄氏度的气温，
虐得你满地飘零。
即便如此，
也没有放弃最后的抗争。

飘落，
依然不枯，不黄；
一片绿，一片青。
无论如何不能失去本真——
生也荣荣，
死也荣荣。

遵义纪行

我们来了——遵义!

茅台镇的那壶酒,
很香;
可我们不是为它而来。
遵义城里有座房子,
很神秘、很庄严,
我们来了:
这里曾召开过扭转历史的会议,
我们就是为了一睹它的风采!
三十几平方米的客厅,
狭小逼仄。
可它,
却曾容纳过二十多个伟岸的身影;
历史从未尘封,
如今,
仍旧回响着当年郑重的表白:
我们的军队谁来指挥?
请新的领导人出来!
请新的领导人出来!
这个声音回荡了八十多年,
历久弥新,

一直不衰。

遵义呀，

人们不会忘记，

那栋房子里的短短三天，

永远记入了史册。

一次会议，

成就了中国革命的伟大历史转折；

一次会议，

表达了一个危亡民族的殷殷期待；

一次会议，

历史必然烙刻下它那最经典的选择；

一次会议，

终究开辟了中国走向辉煌的未来！

纪念馆的地图上，

我们久久注视着遵义会址。

此刻，

它依然闪耀着熠熠的光彩。

顺着它，

依次找到了娄山关、赤水、乌江、大渡河，

找到了腊子口、六盘山、瓦窑堡、安塞……

山山岭岭，

曲曲折折，

雪山草地，

天堑沼泽，

整整两万五千里，

连接起来，

便构成舞动历史和未来的长长飘带！

延伸下去，

它连接着延安、西柏坡、天安门，

连接着中华民族复兴的伟大梦想，

连接着中国走向世界的中央舞台！

黄果树瀑布下的那潭水，

很清，

可我们不是为它而来。

娄山关的那个关口，

很险要，很巍峨，

我们来了：

那里还弥漫着当年的硝烟，

我们就是要登临它壮一壮胸怀。

莫道一夫当关，

万夫莫开；

哪怕铜墙铁壁，

固若金汤，

也难挡红军虎吞万里，

排山倒海。

难忘当年，

奇兵突袭，

人来天外。

狂妄的敌兵，

霎时目瞪口呆；

乖乖地投降，

那是何等的无奈。

如铁的雄关上，

胜利的红旗高高飘起来。

得民心者终究得天下，

失民心者注定要失败。

走吧，

让我们登上西风口，

感受一下，

长空雁叫，

西风猛烈；

走吧，

让我们追随新的领导人，

深情吟诵，

残阳如雪，

苍山如海；

走吧，

让我们抖擞精神，

而今漫步从头越，

信步走向新时代！

毕节漫山遍野的花，

很美，

可我们不是为它而来。

高高的息烽，

很恐怖，也很神圣，

我们来了：

那里长眠着许许多多英灵，

我们就是要去做一次虔诚的祭拜。

黑黑的石板，

黑黑的院墙，

黑黑的门窗，

黑黑的牢房，

这样的颜色恰好就像那个年代。

皮鞭、镣铐、木杠、囚笼、老虎凳……

一件件刑具，

依然散发着血腥，

森森的恐怖迎面袭来。

一条小路，

隔开了两个世界。

一边肆虐着嚣张的魔鬼，

凶狠地把无辜和忠良残害。

一边挺立着一个个不屈的金刚，

怒不可遏，

同仇敌忾。

一点三米高的感化室，

即便身躯不能站立，

精神却不会倒下，

灵魂绝不会出卖。

哪怕把牢底坐穿，

也不会做出背叛的选择。

高官厚禄，

岂能诱惑；

饥饿重病，

意志不败；

毒刑用遍，

不畏不惧；

砍头毙命，

不惊不骇。

他们用筋骨为新中国的大厦奠基，

他们用鲜血染成新中国的壮丽风采。

先烈的遗像前，

久久地伫立，

虔诚地鞠躬，

表达深深的缅怀。

此时，

一个声音在耳畔响起：

铭记先烈，

热血澎湃，

历史没有走远，
息烽的烽火不会熄灭，
先烈的精神永不衰败。
薪火相传，
那是历史的期待。
让我们不忘初心，
举起先烈的旗帜，
大步奔向未来！

遵义红色培训组诗

遵义会址

一栋房子一座城，
一次转折一代雄。
一世英明一领袖，
一次拜谒一生情。

红军山三首

雨后登山

三百台阶威森森，
雨水泪水湿汗襟。
酷热如蒸全不顾，
一步一莫祭忠魂。

烈士纪念碑前宣誓

纪念碑前忆初心，
重温当年对党贞。
英烈在前我在后，
党员永远跟党亲。

红军坟

红军山上红军坟，
女儿名字男儿身。
生前治病活菩萨，
死后佑人化作神。

　　据说红军坟中烈士的名字叫小红。

娄山关

娄山关上烈西风，
犹闻当年厮杀声。
人心向背天可鉴，
莫道雄关不可攻!

息烽监狱三首

烽火不息

息烽山上草茵茵，
苍松翠柏伴忠魂。
热血抛洒红土地，
烽火不息照后人。

感化室

金刚威武囚地狱，
碎骨断筋志不屈。
感化室里难感化，
天板虽低头不低。

　　美其名曰的"感化室"，高度只有 1.3 米，人居其室根本
无法直起腰身。

小萝卜头

缺水少食个子低，
自幼囚禁在地狱。
匕首穿心血飞溅，

本该撒欢绕娘膝。

小萝卜头是中国最小的烈士,被虐杀时年仅8岁。

赤水三首

一

赤水四渡神奇,
红军声东击西。
军事玩尽太极,
自豪得意之笔。

二

路绕水来水绕山,
山水相依路缠绵。
红军当年曾四渡,
蒋公鼻子总被牵。

三

云天高远群山青,
赤水迂回终向东。

试问河水作何色，
当年先烈血染红。

培训总结突降大雨

培训总结正认真，
暴雨突降如倾盆。
上天青眼高看顾，
风尘一洗自在身。

归　途

培训结业把证发，
人在归途心到家。
初心不改品牌梦，
举旗一高再出发！

物有所语

不倒翁

你说我很老，
曾在半坡看到过我的身影；
你也曾说我生在唐朝，
落地就叫不倒翁。
其实，
称"翁"并不老，
没心没肺，
我很年轻。
逗你玩，
就是一个不老顽童。
我很呆，
呆，让你快乐了心胸。
上挑的眉毛，
闭不上的嘴巴，
释放出天真的童趣；
东摇西晃，
欲倒不倒的身躯，
摇晃出诗意的魂灵。
摇一摇，
舒展了你的眉头；

晃一晃，
灿烂了你的笑容。

不倒，
是我的价值体现；
永远不倒，
是我高贵的本能。
我的支点很小，
稳稳地落在实处；
上空下实，
底盘很重很重。
不学风筝，
老想着飘，
飘来飘去，
就飘得没了影踪；
不学陀螺，
老想着转，
转着转着，
就倒下了身形。
宠我，
我站着；
虐我，
我也站着。
就是把我推得东倒西歪，

最终还是站得周周正正。

底盘，

是我立身的定力；

踏实，

是我不倒的支撑！

蝉之禅

你是一只蝉，
读懂了你，
便读懂了禅。

禅　隐

没有隐于野，
也没有隐于市，
而是追求一种禅隐，
好难懂——
一隐，地下就是四年。
为什么，
和谁做伴？
做什么，
与谁缠绵？
岁月久长，
竟不孤单？！
等你偷偷钻出地面，
无数个为什么，
便有了答案——
那粒小得看不见的卵，

禅隐成了一只胖胖的蝉!

蝉　蜕

振翅高飞，
长歌嘹亮——
衬着阳光灿烂。
必须赶早在黑夜里，
痛苦地挣扎，
挣扎掉那件紧紧的外套，
尽管已经穿戴了多年。
必须毫不犹豫地蝉蜕，
蝉蜕是裂筋碎骨的涅槃。
不然，
太阳出来了，
生，就化作死，
化作永远不可逆转的遗憾!

禅　韵

既然爬出了地面，
既然蝉蜕掉了外套，
那就长长地歌唱，

振羽高旋。

把林子唱得更加寂静，

把太阳唱得越发耀眼。

听出来了，

你的歌唱蕴含着一种禅韵，

禅韵里充满了庄严；

你的歌唱更是一种仪式，

仪式里有一种沉重的使命感。

四年地下的苦工，

一个月阳光下的歌唱，

宿命为一只蝉的华年。

只争朝夕，

可劲儿地唱吧。

呼朋引伴，

奔着一个新的目标，

一个新的四年。

那可不是生命的又一个轮回，

而是族群更加繁盛更加庄重的续延！

你是一只蝉，

只有深深读懂了你，

才能真正地读懂禅！

黑　洞

耗尽了自己，
再去吸别的，
就连光，
也要吸进去。
那深深的洞，
填不满，
也测量不出距离——
真饕餮，
好贪欲！

你更狡猾，
狡猾得让人意乱情迷——
伪装了残忍，
外表似乎很温婉，很美丽。
这就像厉鬼
吸血的牙齿上，
抹满了甜蜜；
也像恶魔
狰狞的青面上，
贴上了画皮。

好一个黑洞，
惑得让人着魔，
美得令人恐惧，
大得无边无涯，
黑得永不见底！
真的是，
比江湖更江湖，
比地狱更地狱！

乌 龟

岁月千秋常畏首，
不与鱼虾争风流。
高调难避汤镬恐，
缩头可免刀锋忧。

篮　筐

篮球架上，
你就是一只篮筐。
直径 45 厘米，
无论到哪儿，
都一模一样。

你很小，
只能把一只篮球盛放。
你又很大，
装得下乔丹的荣誉，
装得下姚明的希望；
装得下一支球队的信念，
装得下一个国家的荣光。

你沉稳不动，
却让梦想飞扬；
你没有嘴巴，
却有很大的召唤力量。
多少人为你跑出了速度，
跳出了高度；

多少人为你激情澎湃，
热血偾张！
你教会多少人
懂得了规矩和纪律；
又教会多少人义无反顾，
把集体扛在肩上。

0、1、2、3，
你只认识这四个数字，
却可以称得上数字大王。
因为你凭感觉，
计算得比谁都精准，
你始终见证着输和赢，
你能判定出弱和强，
还能衡量出低劣与高尚！

桥

此时是青丝，
彼时是白发，
行走在岁月的桥上，
走着走着就老了。

此时是相思，
彼时是相拥，
漫步在浪漫的桥上，
走着走着便情深似海了。

此时是干戈，
彼时是玉帛，
拼杀在血腥的桥上，
走着走着也许就和平了。

此时是此岸，
彼时是彼岸，
跋涉在漫长的桥上，
走着走着就到达了。

晚 霞

你是朝霞
那一缕绚丽；
你是太阳
那一束灿烂。
是不是累了？
奔波了一天，
最终梦幻成这般
悠然的晚霞。
夜就要来了，
你说不怕，
不怕！
黑暗的后面，
必是光明的一天。
穿过长夜，
明天早上，
依然还是
那缕绚丽的朝霞！

蜗 牛

别再说我爬得慢了，
有翅膀，
我也会搏击长空；
有蹄脚，
我也会啸傲天涯。

别再说我爬得慢了，
能爬的时候，
我一定会爬；
该爬的时候，
我一刻也不停下。

别再说我爬得慢了，
我不会丢弃我的家。
螺壳里，
藏着温馨的梦想，
有我天真的童话。

别再说我爬得慢了，
那条爬过的曲线会告诉你，

我在一直向前，
哪怕路途再远，
我坚信终会到达。

我是丑橘

粗糙的表皮，
憨大的个头，
你看到我，
也许会鄙夷地说：
傻大个，
真丑！

可当你极不情愿地一吻，
才知道我很温柔；
忍不住咬一口，
好爽，
一下子甜透了齿喉！

丑就丑吧，
我不想改变什么，
自信丑也风流；
丑就丑吧，
我要用甘甜证明，
一个家族的优秀。
固守本真，

不去制造什么噱头，
更不去博什么眼球！

无花果

有些树，
先开花渲染了一番，
而后才结果；
有些树，
只开花炫耀了一阵，
最终并不结果。
而你，
一直低调地站立——
站立成不一样的自我；
永远个性地忍耐——
忍耐住了很漫长的寂寞。
无意追求绽放的张扬，
不去把万紫千红迎合。
也不跟叶子抢位置，
只躲在枝杈的角落。
内敛而丰富的涵养，
取代绽放的花朵。
悄悄地用韶华酿制——
酿制成甜蜜的浆果。
不经意间，

谦逊地垂挂，
一个比一个丰硕！

我是一片云

我是一片云——
风雨、雷电、冰雹、彩虹……
的确和我有些关联；
我和它们一起，
构成了大自然。

我只是一片云——
说什么云雨巫山，
请你慎重，
别把我想得太纵情太缠绵；
说什么波谲云诡，
请你慎重，
我没有那能耐诡计多端；
说什么乌云遮不住太阳，
请你慎重，
我压根就不想把什么遮拦；
说什么风云突变，
请你慎重，
我是受到了风的裹挟和纠缠。

我就是一片云——

闲云野鹤，

过奖了，

我并没你想的那样空灵和悠然；

彩云追月，

妄想吧，

见玉兔追嫦娥我从来不敢。

播云布雨，

难为我了，

那可是龙翔九天的能耐和手段！

纤云弄巧，

夸晕我了，

谢谢你的青睐有加高看一眼！

我正是一片云——

很有可能，

我会变成暴雨、冰雹，

变成彩虹、霜冻、雷电……

可这一切都是天的指使，

自然变幻出新的自然。

我是一片云——

纯洁简单。

不高雅，不卑俗，

无淫邪，无恶念。
上不高攀清净的天庭，
下不羡慕热闹的凡间。
一任大千纷纭，
沧海桑田，
我乃流水行云，
自舒自卷，
宇宙永续，
我也无休无眠。

舞　台

不是个子忽然变高了，
是这个舞台垫高了脚踵；
不是展示空间变大了，
是因为有一种期待在萌生；
不要以为站在这里就该有喝彩，
关键是有没有实力征服观众。
他们可以给你这个舞台，
也可以瞬间剥夺干净。
台上应该有角儿，
台下更不能少了观众追捧。
成全你，
你可以是一条龙；
抛弃你，
你就是一条虫。
该上台的时候上去了，
自然觉得荣耀；
不该下台的时候下去了，
一定会无地自容。
站在这里，
不能走神离谱，

不能哗众取宠，
不能卖弄使巧，
不能假装镇定。
站在这里，
需要恭谨谦卑，
需要玉树临风，
需要真情真意，
需要游刃有余的从容。
当然，别忘了
更需要真正的干货——
脑袋里的思想，
胸腔里的魂灵。

夕 阳

从东海升起，
紧走慢赶，
跨过中天，
似乎累了，
缓缓地没入西山。

烧成朝霞，
烧成白炽，
烧成火红，
燃烧了整整一天。

最后，
把热情融入夜幕，
沉浸于黄昏之恋。
可那并不是入睡，
而是在酝酿
再一次的旭日东升，
云霞灿烂。

雪

比秋霜冷面，
冷面得让一切感到凛冽。
比夏雨温柔，
温柔得让红梅享受熨帖。
比秋霜、比夏雨
更接近春天——
原本就是春天的使者。
秋霜，
已经渐行渐远；
夏雨，
更被阻隔着秋霜的季节。

无论怎样，
秋霜也白不过你的色彩，
更不用说夏雨，
看起来根本就没有颜色。
而你一登场，霎时间
便白了万物，
白了季节，
甚至白了
人的内心世界。

雪地上那两行足迹

雪地上那两行足迹，
证明你曾经走过。
或浅，
或深，
你曾用双脚，
做了踏踏实实的触摸。
别人在后面追寻
你最先走过的足迹；
你在前面追寻
别人未曾有过的探索。
两行脚印，
成了路标，
清晰而又深刻!

雪地上那两行脚印，
足以证明
你曾平稳地踏过，
也曾有过趔趄，
有过摔倒的折磨。
探寻途中，

一定经历了不少坎坷。

还能证明

你绝对没有回过头，

更不用说有过蹉跎——

因为它一直向前延伸，

延伸到远方茫茫的村落。

望着那两行足迹，

来人也许不再耽搁。

因为那是

有形的导引，

更是

无声的"教唆"!

血月之夜中的一棵树

一棵顽强的树，

即便没了阳光，

即便在血月之夜，

照样挺拔，

照样优雅地摇曳。

因为，

蓝蓝的夜空，

给了她浪漫，

也给了她无限的空间——

足以尽情舒展。

    2021 年 5 月 21 日夜，月全食，呈现血色。有人发了一个短视频，视频中显示的是血月夜空下一棵挺拔、摇曳的树。

药

喝吧，

味道的确很苦。

但你必须

把这服药喝个足够。

不为别的，

只为你曾经的贪欲；

这就是代价，

抵偿你超越了限制的享受。

病痛，

藏在五脏六腑；

追源，

嘴巴才是入口。

病从口入，

那就从嘴巴苦起。

喝吧，

再苦也得承受。

欠的要还，

贪的要吐。

或许是报应，

或许是"报酬"；

清肠净胃，
消积化瘀，
香甜"过"了，
就别怕"苦"得难受。
好在，
这是惩戒，
更是拯救！

月 亮

月亮，
有时近，
有时远。
不管近还是远，
都刻印在我的眼眸里。

月亮，
有时明，
有时暗。
不管明还是暗，
都璀璨在我的心田里。

月亮，
有时缺，
有时圆。
不管缺还是圆，
都圆满在我的梦境里。

月亮，
有时隐，

有时显。

不管隐还是显，

都牵挂在我的思念里。

伞

不该开伞的时候，
打开了，
会让人讨厌；
应该开伞的时候，
没有打开，
会让人抱怨。

不该开伞的时候，
那就低调地收敛；
必须开伞的时候，
那就高调地撑出圆满。

合着，
不只是暂时的休息，
更是一种修身的内敛；
撑开，
是特有的生命方式，
一定要绽放出灿烂。

把你打开的时候，

要识抬举，

不可怠慢：

机会来了，

也是使命来了，

就将生命的才华尽情展现——

避风，

遮雨，

更把毒辣的太阳阻拦。

合起，

不是懈怠；

开伞，

不是懒散。

这，

才配叫作伞！

彼　岸

在此岸放眼，
彼岸是个难以抗拒的诱惑。
越是诱惑，
越禁不住估摸和猜测。
那里，
也许有绿绿的水，
青青的山，
更有一树树桃花盛开；
也许有古朴的房舍，
天籁般的歌声，
更有心仪的人儿在等待；
也许那里如梦似真，
亦凡亦仙，
恰如魔幻般的境界那么可爱。
也许彼岸瑰丽，
的的确确，
实实在在。
也许彼岸并不遥远，
就如可望可即的村寨。

心向往之，

必然难以忍耐。

担心什么风急雨猛，

高岭关塞；

害怕什么河宽水深，

浪涛阻碍！

美景在那儿，

心仪的人在那儿，

瑰丽的梦境在那儿，

岂可挡住欲望的选择？

渡过去，

将号子豪迈；

渡过去，

把热血澎湃；

渡过去，

让灵魂带着躯壳一块儿；

渡过去，

最终成为彼岸的主宰。

此岸和彼岸，

相承一脉；

此岸到彼岸，

继往开来。

到达彼岸，

过去就成了现在；

当彼时的彼岸，

成了此时的此岸，

现在又要面对新的将来。

既然倾心于彼岸，

就该知道时不我待。

别犹豫，

争渡，

是我们一如既往的风采；

别徘徊，

争渡，

是我们永远不老的情怀。

石头五首

石　头

你是燃烧后的淬火，
你是喷射后的冷却。
变脸了——
珍藏着深刻的记忆；
转型了——
高唱着运动的凯歌。
曾经来自远古，
跋涉过岁月的长河；
曾经来自地心，
演绎过壮烈的喷射。
触摸
你的体表上，
仍旧散发着烈火的温度；
细看
你的容颜上，
依然镌刻着岩浆的魂魄。
成千上万年的岁月，
你并没有过蹉跎；

烈火冰窟的炼狱，

你终究扛住了折磨。

而今，

虽然变作了一块石头，

但这绝不是生命的堕落。

不论放置在哪里，

从未感到寂寞。

居高，

绝不期望巍峨；

居下，

何曾觉得龌龊？

风狂雨骤，

不避不躲；

山崩地裂，

镇定沉着；

看他风起云过，

从容不迫；

任凭夏热冬寒，

依然故我！

传说中的那块石头

你不会述说，

可你的名字，

一直流传在最美的传说中。

是王屋山上的那块石头吗？

愚公移山——

你成就了一种精神，

更成全了一个美名。

是填充东海的那块石头吗？

精卫填海——

你坚定了一个信念，

更助成了一件大功。

是补天防漏的那块石头吗？

女娲补天——

你体现了一种担当，

更表达了一种至诚。

是李广夜射的那块石头吗？

箭没石中——

你蕴含了一种哲思，

更展示了一种武勇。

还记得吗？

老婆婆磨杵成针的那块石头，

至今仍发出霍霍的声响，

曾把迷途的诗仙惊醒；

朱元璋敕令开采的那块石头，

至今药性不减让人惊喜，
不幸中也许会藏着万幸；
大禹的夫人化成的那块石头，
让凄美悲壮的故事震颤人心，
更钦敬那种舍家为民的忠诚。

不会忘吧！
痴心女子望夫归来，
一跪不起竟跪成了石头。
人们唏嘘他们的不幸，
更感叹和敬重那种放不下的爱情。
孟姜女凄楚而愤怒的哭喊，
终究感应了天庭，
城墙上倒塌下来的那块石头，
重重地砸向了暴政和昏庸。
女娲所炼五色石是不是多了一块，
抛落人间就成了通灵宝玉？
林姑娘为之痴情着魔，
就连她的诗句里也浸满血红。

你还有多少传说，
也许谁都说不清；
你还会有多少传说，
更不会有人道得明。

不急，
那就静静地躺着吧。
等着时间，
等着后人，
去追根寻源，
问个究竟！

路边的那块石头

躺在那里多少年了，
也许任谁都说不清道不明。
风里雨里，
日落月升；
酷热严寒，
春夏秋冬。
无情一直在考验你的坚韧，
执着始终在消解你的耐性。
屹立不倒，
筋骨不松。
一块呆呆的石头，
却成了一处绝美的风景。

没有故事，
就是你的故事——

万物纷争，

你却与世无争。

当孔雀开屏的时候，

当鸟啾虫鸣的时候，

当咸鱼翻身的时候，

当鸡毛上天的时候，

你是那样的稳重；

当流水淙淙的时候，

当叶绿花红的时候，

当瓜甜果香的时候，

当蜂飞蝶舞的时候，

你依然那样的从容。

没新闻，

也没有传闻，

更没有绯闻。

再怎么八卦你，

也不过是大胆的赤裸裸，

可你却赤裸得很干净。

鹅卵石

当初，

你不是这个样子！

有锋，

有刺，

带着分明的棱角。

坚硬倔强，

不可凌辱，

那才是你的性格。

是什么，

削平了你的锋刺？

是什么，

磨光了你的棱角？

难道你放下了一切，

成了一尊

不爱管事的佛陀？

还是遇到了什么变故，

扔掉自尊

一步一步地滑向堕落？

你会坦然地告诉大家：

那些走过的日子，

都叫打磨；

岁月无情，

却是一首快乐的歌；

经得住磨砺，

自然变得圆润；

能方能圆，

才有这鹅卵般的洒脱。

石头的忏悔

聚了又散，

散了又聚——

云儿好淡好淡；

来了又去，

去了又来——

风儿好轻好轻。

而你，

呆呆地蹲在那里，

竟然一动不动。

管他冬夏春秋，

也顾不得风雨彩虹。

只为忏悔

当年的轻狂和懵懂——

岩浆喷射成火焰，

以为是最美的风景。

谁会料到，

绽放完了，

紧跟着长长的沉默；

爆发过后，
接替着死死的平静。
熊熊的烈焰
终究石化，
石化成永远的冰冷和无声。

事有所感

时装模特秀

裙裾一摆，
可将整个时代摆动；
款款而来，
带动了一股强劲的风。
那不单单是一个概念，
很快就会化作不可抗拒的潮涌。
等着吧，
鱼行雁阵般的追随，
任谁也挡不住
一帮人一个时期的流行。

不是不会说话，
可你却把嘴巴管得很严。
说什么一字千金，
即便万金
也难以启动牢固的封铅。
而你又时时都在说话，
优雅的表达似莲花吐艳。
亭亭的形体，
款款的步履，

优雅的站姿，

冷艳的眼神，

这些，诠释着共同的含义——

一切都只为时尚代言。

妩媚地放电，

不过是一瞬间的回眸。

那个眼神，

却把所有的眼神

聚焦在一处；

那个眼神，

又将所有的魂魄

全都勾住。

随着她，

不由自主，

一起走吧，

走向一个前卫的高度。

春天里的爱恋

油菜花开了，
嫩黄嫩黄的，
很婉约，
婉约出万般柔情。
风儿问询:
此情谁解？
蜜蜂说，
唯我最懂，
唯我最懂!
明白吗?
春天里的这场爱恋，
并非一次邂逅，
而是生命中的注定。
嗡嗡嗡，
嗡嗡嗡，
那是别有韵味的海誓山盟。
更有一个深吻，
便醉在花丛——
醉在芬芳的梦里。
不想苏醒。

可终究醒了，

因为还有

最重要的事情：

嗡嗡嗡，

嗡嗡嗡，

把长相思酝酿，

酿造成甜蜜蜜的结晶——

一件珍贵的礼物，

应是这场爱恋的最好见证。

而后人们演绎，

演绎成一个美丽的疑问和象征——

为谁苦？

为谁甜？

为谁奔忙？

为谁钟情？

我懂

你懂，

大家都懂！

第一声哭啼

"哇",
第一声哭啼!
你把妈妈哭笑了,
因为她收获了一份大礼。
忘了
拼尽全力的痛苦挣扎;
忘了
十个月负重而行的疲惫。
此时,
眉毛,面颊,嘴角上
全都写满了温馨的笑意。

"哇",
第一声哭啼!
你把自己也哭醒了,
你的双眼不再紧闭。
一个不曾污染的灵魂,
第一次自主地呼吸:
原生态的纯真,
充满力量的频率。

一个鲜活的生命，

让整个世界都感到惊喜！

"哇"，

第一声哭啼！

你把黎明也哭醒了，

太阳为你冉冉升起。

哭啼声中迎来笑，

迎来翻身、坐立，

迎来姗姗学步，牙牙学语。

啼哭声中个子慢慢长高，

张开双臂拥抱彩虹，

奋力奔跑中抗击风雨。

哭吧，

哭着迎来不断成长的奇遇。

哭吧，

哭着告诉人们：

有时候，

哭，和笑一样美丽！

冬　至

今天，
是北半球日照最短的一天，
而人们的期待，
却长长绵绵——
春天的花艳，
夏天的风爽，
秋天的月圆。
而这一切，
似乎都和今天有缘。

今天，很快就会过去。
可人们却有着
诗一般的怀念——
蝶恋花的万般缠绵，
夏天的夕阳没入西山，
秋天的辉煌和十分圆满。
这些，
似乎都是在铺垫下一个今天。

从今天开始，

就要进入最冷的数九寒天。
可人们的心里，
却升腾着一个希望，
也氤氲着一股温暖——
既然寒冬来了，
那并不遥远的，
一定是春天!

和云对话

今天的云彩太美了，
你说想收集她，
酿造喜悦。
云说，
别收集了。
你有闲情，
我也有逸致。
野鹤闲云，
慵懒惯了，
我不会轻易聚集。
风也曾经做过努力，
可是，
风越大，
我飘得越远；
风越急，
我飘得越流离。
收集一块，
也许，
我的逸致就变成了雨。
那样，

担心会不会，

淋湿了你的喜悦和闲情，

也冲散了我的慵懒和逸致。

简单的晚餐

——《诗歌在哪里？》开讲前致来宾

本想穿越历史，
往回走过千年，
采撷诗歌宝库里的精华，
烹制成文学的盛宴。
可惜历史太厚重，
我的功力太肤浅。
也想渡到在河之洲，
约会窈窕淑女，
听她吟诵《陈风》骀荡，
《诗经》绚烂。
她说，
别过来，
河水不浅，
容易翻船。
也想寻觅桃花源，
一睹东篱南山，
牧歌田园。
陶潜说，
别过来，
周围尽是江湖，

险恶得叫人心寒。
也想西去长安，
领略诗仙高歌长吟，
披发仗剑。
李白说，
别过来，
蜀道太难，
难于上青天。
也想漂泊到康桥，
欣赏西天的云彩，
徐志摩说，
别过来，
云程万里，
实在太远。

无奈，
遗憾！
将就一下吧——
用自己曾经酿作的诗，
就如自家园子里的萝卜白菜，
凑成一顿晚餐。
各位来宾，
但愿你不会拒绝朴素，
嫌弃简单！

诗化身心

——《诗歌在哪里？》再次开讲

今天，

不仅是一次机会，

更应是一段缘分。

让我和你一样，

把心洗得透明，

只剩下无邪和天真。

不管谁坐着，

也不管谁站着，

我们很平等，

彼此尊重又不失自尊。

忘记年龄，

忘记曾经的不快和烦恼，

也忘记曾经的身份。

爬上这九楼，

只当作一次放松身心。

英语、数学、化学等暂且放下，

一起享受诗意的氤氲。

诗歌揽入胸怀，

心灵和她调为一个频率共振。

让这缕柔顺的风，

轻轻抚慰我们的灵魂；

我们一起，

仰望皇冠上那颗璀璨的明珠；

我们一起，

把徐志摩、余光中追寻。

今夜没有月光

今夜元宵，
月亮却没有露面。
明天正月十六，
是不是担心，
就要远行的人，
望月垂泪，
低头伤感？

是不是抽身去幽会了太阳，
约定明天阳光灿烂？
让远行的人，
带着微笑，
一路平安！
阳关并不孤独，
玉门不再遥远！

还是故意躲起来，
就为这一天，
将 365 天的祝福，
孕育成可爱的萌娃，

偷偷地诞下那么多的汤圆。

一个一个，

充满灵性，

温馨盈门；

一个一个，

憨态可掬，

团团圆圆！

让就要远行的人，

陶醉于无限的温暖。

聆 听

睁大渴望的眼睛，
耳根打扫清净，
心里的东西全部倒空，
焦点对准讲台，
就做一件事情——

关注他的抑扬顿挫，
感受他的慷慨陈情，
理顺他的思维之路，
捉摸他的思想和魂灵，
就做一件事情——

哪个词切中了肯綮，
哪句话触动了心灵，
哪个论断解开了迷惑，
哪个理儿引起了共鸣，
就做一件事情——

即便他台风不正，
即便他口齿不清，

即便他偶有纰漏，
即便他理屈词穷，
就做一件事情——

醍醐灌顶，庆幸成了滋养。
错误漏洞，遗憾当作警醒。
精彩也好，糟糕也罢，
我都会表达足够的尊重，
就做一件事情——

此时此刻，
聚集全部的精力，
睁大渴望的眼睛，
耳根打扫清净，
心里的东西全部倒空，
焦点对准讲台，
就做一件事情——
聆听，
认真聆听！

牛郎织女的情话

—— 写在 2 月 14 日

原谅我吧，

今天送不了你玫瑰；

你也原谅我吧，

今天我也给不了你热吻。

没到七月七日那一天，

喜鹊不来搭桥，

王母也不会恩典。

真的好难理解，

一个舶来的节日，

居然把那么多人裹挟——

半老夫妻，

甚或夕阳老人，

更不缺少女少男。

误将别人家的节日，

崇拜为自己家的狂欢。

几经别人咀嚼过的橄榄，

还能吮吸出多少甘甜！

我放我的牛吧，

你织你的锦；

我浣我的纱吧，

你耕你的田！

芳华虽在岁月里流逝，

期待却在季节里圆满。

那道惩戒的天河，

即便再深再宽，

也阻不绝，

隔不断——

两情相悦，

朝朝暮暮，

日日月月，

岁岁年年！

并不是缺少玫瑰——

我们的故事，

本由中国元素搭建；

不是不会浪漫——

我们的血脉，

流淌的是华夏情感！

从不排斥多元，

但是，

我们更崇尚民族风情——

自然拙朴的甘甜！

放牛的脚步，

丈量出牵挂；

美丽的云锦，

织尽了缠绵。

一叶一草，

满满的情愫；

一丝一缕，

扯不断的思念！

365 天的等待，

一年，

只为那一天。

它却胜过，

长相厮守，

誓海盟山；

更胜过，

玫瑰热吻，

蜜语甜言！

山水之恋

——题山水画

山和水，
是一对恋人吗？
山在水中挺立，
水在山中绕行。
就这样一往情深，
相依相拥。

山羡慕水的深沉，
水心仪山的峻崇；
山羡慕水的悠长，
水钦敬山的厚重；
水羡慕山的坚韧，
山欣赏水的包容；
水羡慕山的大气，
山颂赞水的灵动。

山临水而立——
水落石出；
水依山而行——
柳暗花明。

立山而看水——
江天阔远；
居水而望山——
层峦高耸。
山清，
陪衬了水秀；
水秀，
烘托出山雄。
少了水的奔腾，
山就打不起精神；
有了山的参照，
水才拥有了灵性。

山不转水转——
千年的缠绵，
一刚一柔；
水转山不转——
万世的绝配，
一动一静。
山高水低，
唯美的参差，
跌落出壮丽的瀑布；
山高水长，
难解的缘分，

演绎出不老的爱情。

就这样，
山水相依，
永远撕扯不开
彼此的忠诚；
就这样，
有幸前世，
欣慰更有今生。
就这样，
不离不弃
绵绵不绝、永无期终。
就这样，
一年一年地相守，
胜过了对天发誓，
超越了歃血为盟！

生日快乐

今天我生日，
我特别快乐！

重阳节的座谈会上，
和大伙倾心交谈。
又有笑，
又有说。
回望单位的发展，
分享精神的成果。
一束大大的鲜花，
表达了真诚的祝贺！

早晨，
老婆煮熟了鸡蛋，
在我的头上滚来滚去，
声音窸窸窣窣。
这是传统的习俗，
据说能消灾去疴。

妹妹买了红鱼，

送来时还蹦跳鲜活。
不用说，
那寓意着
吉庆有余，
红红火火；
那祝福着
生活美满，
健康快乐！

孙子们，在远方
一个接一个地祝福。
视频里，
不同的"鬼脸"，
不同的手势，
不同的舞步，
和着那首相同的歌！

水果摆上来了，
让我的心灵收获了许多：
蜜枣——甜甜蜜蜜，
橘子——吉祥如意，
苹果——平平安安，
石榴——开心快乐！

长寿面端上来了，

细细的，

长长的，

滑滑的，

绵绵的，

那象征着长寿与祥和。

还有老婆

一句接一句的祝福。

再多，

我也不嫌啰唆。

今天，

我生日，

好多人，

为我一个人忙活；

一群人，

和我一起快乐。

真的好感动，

就为这，

我也要好好对待生活。

把以后的日子，

过成浪漫的诗，

过成激情的歌！

天地对话

我们离得有多远？
地上就是天，
天一直挨着地，
天地相接，
从来没距离。
天，
就是地的天；
地，
就是天的地。
我们自古就是
一个相互依存的整体。

我们谁高谁低？
抬头看天，
低头望地，
那只是人的视角。
其实，
你抬头看到我，
我也须抬头才看到你。
茫茫宇宙里，

哪有什么高和低！
别再说天壤，
别再说云泥，
哪怕差别再大，
也千万不能误认作差距。

我们有没有大小？
高天后土，
各有情趣——
高天阔远，
后土凝重，
我们各是特色化的自己。
你包容了山川草木，
也包容了我；
我包容了日月星辰，
也包容了你。
至于大和小，
谁都不会炫耀和算计。

我们有颜色吗？
青天，
黄土，
似乎分得很清晰。
可是天说，

我无非是无边的苍穹；
地也说，
我就是一块美丽的装饰。
至于从前是什么颜色，
时间
早已模糊了我们的记忆。

我们有边界和形态吗？
地到头，
天到边，
是真是假，
也许是一个没有谜底的谜语。
天是方的，
地是圆的。
要是那样，
天地相合，
是不是有四个角成了多余？

我们的缘分始于何时，
终于何期？
也许，
精卫知道；
也许，
女娲能够解密——

朝前，
地老天荒；
往后，
地久天长。
在天比翼，
在地连理；
相依相容，
不离不弃。
古往今来，
四方上下，
承载着永远不老的我和你!

天空真空

飞机在不断攀升，
超越了万米云层。
多少次了，
每一次都震撼心灵——
云层之上看天，
天空真空！
除了碧蓝，
还是碧蓝，
蓝遍南北，
蓝遍西东。
莫非谁将山间的美玉，
全用来修筑了苍穹？
莫非谁把海洋的碧水，
全用来把天洗净？
整个的天空，
一尘不染，
温润得似乎透明。
一色的蓝啊，
真想轻轻叩问，
你到底巧遇了

什么样的鬼斧神工？
通体的蓝啊，
蓝得简直叫人心醉——
醉入你的怀抱，
蒙蒙眬眬，
永远不想清醒。

原本以为，
云端之上看天，
天会变得很低——
因为我们更接近了天庭。
谁料得，
天的最大特点就是
奥妙无穷。
无边无际，
无尽无终。
越看，
越会吃惊——
云端之上的天，
更高，更远，更穹隆；
人在这里，
更渺小，更卑微，更懵懂。
此时，
高远的天空，

好像也在旷达我的胸怀；
一色的碧蓝，
似乎正把我尘杂的俗念洗净。

看不透上边的天，
低头看看下边的云层。
那里堆金垛银，
棉积絮萦；
那里狼奔豕突，
走狗飞鹰；
那里天女散花，
百鸟朝凤；
那里剑戟相搏，
硝烟几重；
…………
好一派波诡云谲，
虎跃龙腾；
好一派风云际会，
烟雨朦胧。

我看云层，
我看碧空。
它们似乎也在看我，
洞穿我丢不了杂念的头脑，

洞穿我放不下欲望的心胸。

对望中，

我的心似乎在渐渐放松。

终于明白了——

蓝，是天的精神；

空，是天的魂灵。

越高端，越清净；

越简单，越厚重；

越无欲，越从容。

此刻，

真想将身体和灵魂，

化作一块碧蓝，

融入这云层之上

碧蓝碧蓝的天空！

与岁月对望

我躺在岁月的怀抱里，
好温馨；
岁月流淌在我的旅程里，
好柔情。
与岁月对望，
煞是难忘。
我们，
乐在其中。

岁月无私滋养了我，
好幸运；
我尽情丰富了岁月，
好荣幸。
与岁月对望，
煞是难忘。
我们，
言由心衷！

没有了岁月，
我将何以为生？

岁月里没了我，
一定很空洞。

没有了岁月，
我永远是个乳婴。
岁月里没了我，
该何等冷清？

我会慢慢老去，
岁月却永远年轻。
岁月不老，
也许会把我磨砺成不老顽童！

中秋有雨三首

一

嫦娥奔月欲飞天，
怎奈烟雨锁广寒。
留作人间舞长袖，
亦是凡来亦是仙。

二

秋风秋雨好缠绵，
中秋月亮不见天。
心中若有明月在，
任他天上圆不圆!

三

十五月亮云遮脸，
只缘中秋雨缠绵。
人生多有遗憾事，
当然有缺也有圆。

元旦感怀

昨天，

还是去年；

今天，

却已是今年。

昨天和今天，

相距很近；

今年和去年，

却越离越远。

可喜的是，

昨天，梦想已经实现；

去年，收获十分饱满。

我们自信，

今天，

我们的理想更高，更远；

今年，

我们的收获会更空前。

再过几个小时，

今天，

又成了另一个昨天，

明天，

也会像今天一样光艳。

我们该深情地祝福：

每个人，

都如今天这样快乐；

每一天，

都像今天这样灿烂。

路　口

是快走，
还是慢行？
是抢道而过，
还是承让回避？
在这个路口，
我们会学到很多礼节，
更能懂得不少规矩。

是前行，
还是后退？
是向左，
还是向右？
抑或停下，
抑或等待。
在这个路口，
必须做出明确的辨析。
这样，
一定需要智慧，
更需要沉着和勇气。
当然，

最关键的是要清楚,

终究要到哪里去!

也许,

你在等一辆车子;

也许,

你在等一个人;

如约而来,

终于来了,

那时,

一定很满足很惬意。

也许,

你在等一辆车子;

也许,

你在等一个人;

早等晚等,

就是没来,

那是何等的失望和焦急。

也许不来了,

又不愿就这样放弃;

再等,

却又没有一点消息!

也许，

你只是从那里经过，

很快就会过去。

忽然，

碰到一个多年不见的朋友，

那该是何等的惊喜。

即便过去很长时间，

也还陶醉于这次邂逅的美丽。

也许，

这个路口过去了，

你又朝下一个路口奔去。

那里，

还会有焦急和失望，

也需要目标和勇气。

当然，

同样有规矩和礼节，

更不乏意外和美丽！

走路断想

　　天天走路，不会想很多问题，也不会什么都不想。

有时候，
路很弯，
我们却能把它走直了；
有时候，
路很直，
我们却会把它走弯了。

有时走路，
脚上打泡了。
不要去抱怨路，
因为路就那样了。
好好看看鞋子，
好好看看脚，
好好问问自己，
——脚上的泡都是自己打的。

一个人走路，
速度能上去；
一群人走路，
长度能上去。

弯道容易摔倒，
直道容易撞人。
盲道最短最直，
盲人的路走得最稳。

有时走路需要用眼，
有时走路却要用心；
有的人走路用眼，
有的人走路用心。

有的路，
需要绕过去；
有的路，
必须走过去。

有的人，
知道那段路不好走，
他就绕过去了；
有的人，
知道那段路不好走，
可他还是走过去了。

有时候，

看着前边的路很宽，
可当你赶到跟前，
却被挤得无路可走；
有时候，
看着前边无路可走，
可当你赶到跟前，
却发现很宽很宽。

前边的路，
有多长？
很长。
很长是多长？
——无限！
前边的路，
有多远？
很远。
很远是多远？
——永远！

再远的路，
走个不停，
终会到达；
再近的路，
不愿抬步，

也难接近。

不想走路，
是懒惰；
怕走错路，
是胆怯；
不看方向，
是莽撞；
走走停停，
是懦弱；
走给人看，
是显摆；
故作姿态，
是做作；
错了不停，
显然无知；
一错再错，
定然无知；
明知故错，
非常无知；
劝而不止，
超级无知。

同一条路，

也许天天在走，
可两旁的风景却有不同；
不同的人，
也许天天在见，
可见面时的招呼几近相同。

如果有缘，
今天相遇了，
别怕说再见；
只要走在路上，
就有机会重逢。
如果无缘，
今天相遇了，
就永远难再见；
即便天天等待，
也难以再重逢。
能见是缘分，
邂逅是惊喜，
永别是宿命。

有时，
路很窄，
可让一让，
就宽了；

有时，
路很宽，
互不相让，
就窄了。

有时，
人们都以为无路可走，
有人硬是走出了路，
这是可贵的探索；
有时，
明明有路可走，
可人们往往不敢走，
这是可怕的逃避。

有时，
我们穿着旧鞋走老路；
有时，
我们穿着新鞋走新路；
而更多时候，
我们是穿着新鞋走老路。
最可怕的，
是穿着鞋子却不愿走路，
或是穿着鞋子却只磨磨蹭蹭地走路。

走多少路，

路知道，

路不知道，

鞋知道；

走多少路，

鞋知道，

鞋不知道，

脚知道；

走多少路，

脚知道，

脚不知道，

心知道；

走多少路，

自己知道，

自己不知道，

别人知道；

走多少路，

今天知道，

今天不知道；

明天知道。

也许不想走路，

那就宅在家里，

视野也就越来越窄；

也许不想走路，

那就躺在床上，

个子也就越来越矮；

也许不想走路，

那就靠着门框，

脊背也就越来越弯。

也许，

先有了走路的行动，

走路的欲望才越来越强；

也许，

先有了走路的欲望，

走路的步子才越来越快。

也许你急着赶路，

由于准备不足，

恰恰适得其反，

欲速不达。

别以为自己走得很快，

一定会先于别人；

走走停停，

紧走赶不上慢不歇，

最终落后于人。

路,

不是用来观赏的,

是用来走的,

可有时用观赏的心情走路,

会感到很轻松;

路,

不是用来回望的,

是用来前进的,

可有时回望一下来路再往前走,

会更有信心和方向。

我们错了

——致金岱老师

说你看不见，
我们错了，
其实你看得很透。
你用心灵的眼睛聚焦，
能够洞穿厚厚的铁甲。

说你不爱说，
我们错了，
其实你很会讲话。
你的嘴巴长在指头上，
键盘为你流畅地表达。

说你怕走路，
我们错了，
其实你走得很远。
你靠着精神的拐杖，
一路向着海角天涯。

　　金岱，男，原名胡经代，我国著名作家胡旷之子，华南师
范大学文学院教授，中国现当代文学专业硕士生、博士生导

师，中国现当代文学专业学科召集人，广东省文艺批评家协会副主席，广东省作家协会主席团成员，中国当代文学研究会理事，中国小说学会理事，中国作家协会会员。他在二十几岁时患上夜盲症，因大量阅读、写作用眼过度，患上视网膜色素变性而最终彻底失明。虽然眼疾缠身，但金岱先生一直没有放弃思考、写作、研究和上课。先后出版思想随笔集《"右手"与"左手"》和长篇小说"精神隧道三部曲"（《侏儒》《晕眩》《心界》），获得广东省第六、第七届"鲁迅文艺奖"。另有短篇小说集、文化专著、报告文学等多部获奖。

在华南师大学习期间，笔者有幸成为金岱老师的学生。每每看到他的夫人搀扶他登上讲台上完课又接他回家，每每听他课堂上不带讲义而行云流水般娓娓道来，既感到心疼，更感到钦敬。二十年过去了，先生为我们上课的样子却一直烙在了我的脑海里。

我们读书吧！

——写在 4 月 23 日世界读书日

这一天，

莎士比亚从英国走来，

纳博科夫从美国走来，

莫里斯·德吕翁也从法国

迈开了足履。

更有拉克斯内斯，

从冰岛赶来，

他将骄傲地捧起诺贝尔文学奖，

给世界一个大大的惊喜！

这一天，

塞万提斯走了；

这一天，

莎士比亚也离我们而去。

其实，

塞万提斯从来不曾离开，

他一直在构思堂吉诃德的传奇。

莎士比亚也始终没有走远，

他在世界的各个角落，

等我，等你——

等着我们，

一起去看他的那些个喜剧、悲剧。

我们读书吧！

不为莎翁，

也不为塞万提斯；

不为黄金屋，

不为千钟粟，

也不为颜如玉，

只为

阔达我们的心胸，

腰杆骄傲地挺立。

只为

让我们的眼睛更加明亮，

混沌的大脑被徐徐开启。

只为

灵魂和躯壳，

变得空前干净和美丽！

只为

和优美对话，

与优雅相约，

同优秀的自己不期而遇。

我们读书吧！

这样就可以
走近孔子，
感受他的循循善诱，
彬彬有礼；
这样就可以
走近孟子，
聆听他的滔滔雄辩，
言辞犀利；
这样还可以
走近伏羲，
置身他包罗万象的八卦，
沉醉他黑白相依的太极；
这样还可以
走到那棵古老而茂盛的大槐树下，
叩问我们何所来何所去，
追寻曾经走过的不凡履历。

我们读书吧！
与李白一起奔放豪迈，
与杜甫一起沉寂忧郁；
与辛弃疾一起把栏杆拍遍，
与李清照一起听芭蕉夜雨。
还可以
与曹雪芹一起

走进《红楼梦》，

将一把辛酸泪，

润泽绛珠仙草和通灵宝玉——

把宝黛的爱情，

深深地刻进石头里。

与罗贯中一起

走进"三国"，

纵情地演义

青梅煮酒，

火烧赤壁；

更有蒋干盗书，

自以为得意，

最终却掉进

一个美丽的骗局。

我们读书吧！

读范进追求功名屡试不第，

中举了却喜极发疯；

读严监生为了两根灯草，

临死就是不肯咽气；

读"一件小事"的皮包中，

竟然榨出了"小"字；

读阿Q的精神胜利，

从他身上找到隐藏很久的我们自己。

我们读书吧!

跟着梭罗,

在瓦尔登湖里享受宁静;

追随凡尔纳,

在海底追寻"怪物"两万里。

还可以遇见,

美丽的爱斯美拉达,

丑陋的加西莫多,

在巴黎圣母院被大火吞噬的时候,

用他们的叛逆与善良,

把我们的记忆刷新得空前清晰。

我们读书吧!

书中有我们的历史骄傲,

也有我们的民族哭泣。

听得到黄河长江的咆哮,

听得到日军进村的沉重铁蹄。

听得到梦回大唐的殷切呼唤,

听得到民族复兴号角的急促和凌厉。

抓住现在,

面向未来,

前提是,

从厚重的书页里读懂过去。

我们读书吧!

生活里,

不能只会滑动食指,

玩手机。

不能只会"吃鸡""偷菜",

打网络游戏。

不能沉浸在直播平台里,

听缠绵的歌曲。

不能除了吃饭、睡觉,

就整个掉进了"虚拟"。

更不能为了追逐那几颗"星星",

就拒绝了宇宙间奥妙无穷的瑰丽。

生活里,

该有书香浸润,

美丽的文字会与我们的心灵共语。

因为

书页里面,

蹦跳着智慧鲜活的灵魂,

隐藏着玄妙美丽的诡异,

讲述着古往今来的大千世界,

演绎着精彩无比的神话传奇。

读书

就是这么奇妙——

一页一页，

一本一本，

垫高着我们的脚跟，

让我们的人格渐渐独立。

一天一天，

一年一年，

富有着我们的精神，

让我们最终会遇见不一样的自己！

墨韵书香，

自会沁人心脾；

花开芬芳，

终将酿成生活的甜蜜。

我们读书吧，

在轻浮躁动里坚持；

我们读书吧，

在喧嚣热闹中痴迷；

我们读书吧，

一个都不要少，

古老传统和现代时尚里，

应该有他，有我，也有你！

相　见

东离不开西，
北离不开南。
老张，
离不开老李；
老郭，
离不开老田。
今儿不见明儿见，
明儿不见后儿见，
别急，
总有机会相见。
山不转水转，
水不转船转，
别急，
总有地方相见。
岁月静好，
美女总会相见。
初心不忘，
挚友总会相见。
不急，
暂且吃酒、品茶、吟诗、作赋……

缘分引领有趣的灵魂，
终会相见；
不见，
绝不会散。

我要回家!

——一个被拐孩子的心语

我是谁?

我从哪里来?

我要回到哪儿?

一天天,

一月月,

一年年,

这三个问题,

似乎生了根,

发了芽,

一天天长大。

它和世界三大哲学问题

撞在了一起,

撞成了一个

一直解不开的疙瘩。

其实,

问题也很简单——

我就是要寻找我的亲生父母,

我要回家;

当然,

问题也很复杂——

我是哪棵树上飘落的果子，

我的家在哪儿？

谁是我的亲生父母，

没有人给我回答！

我想，

我的爹娘一定知道，

他们的儿子一直在寻找——

家在哪儿？

我是买来的，还是捡来的？

是偷来的，还是抢来的？

谁的错我不再纠结，

我只想知道我的家在哪儿。

这些年来，

我喊着不是自己爹娘的人为爹娘，

却不知道我的亲生爹娘在哪儿，

我的家在哪儿，

那是一种怎么样的煎熬挣扎！

我的灵魂好像从来就没根儿，

一直在空中飘荡；

无论怎样飘荡，

就是飘不到日思夜想的家。

DNA 何时才能碰上爹娘？

醒里梦里，

我在千遍万遍地呼唤着他和她。
我们父子母子一场，
为何要骨肉分离，
缘起又要缘灭，
缘聚又要缘散？

我也能想见，
爹娘也一直在寻找——
儿子在哪儿？
他们也许肝肠寸断，
眼睛哭瞎；
他们也许骑行万里，
寻子天涯；
他们也许满天下呼喊，
喉咙嘶哑；
他们也许耗尽了力量，
荡产倾家；
他们也许寻找得精疲力竭了，
面对江水面对山崖；
…………
但儿子究竟在哪儿，
像谜一样无人作答。
他们的心一直在疼痛，
念想却没有倒下；

他们坚信，
儿子迟早定会回家！

我也知道，
现在的爹娘待我很好，
但他们一直都很害怕。
小时候，
怕我有记忆；
长大了，
怕我忘不掉记忆；
现在更怕，
怕我在记忆的引导下，
离他们而去，
把养育的恩情全部抛洒。
前功尽弃，
多年的功夫全都白搭。
其实，
我也很爱他们。
他们，
待我视如己出，
含辛茹苦把我养大。
他们，
也是我恩重如山的爹娘，
岂能把恩义抛洒？

请相信，

我会做出涌泉般的报答。

我不愿舍弃他们，

但骨子里想的还是回家。

哪怕能看上亲生父母一眼，

也算对灵魂有一个交代，

抚慰我艰难取舍中的煎熬挣扎。

相信吧，

我会扛起奉养他们的两份责任，

只求上天开眼让我回家，

见一见我的亲生爹娘。

我不会放弃，

哪怕时间再久远，

也要回家。

虽然模糊了爹娘的印象，

基因却有深深的记忆，

哪怕他们在海角天涯。

山再高，挡不住，

我要回家！

水再远，拦不住，

我要回家！

爹，娘，等着我，

我要回家！

当然，

我也深深地祈祷，
从此往后，
天下无拐，
人人有家！

青山难再清

1952年2月10日,大贪官刘青山、张子善被执行枪决。第二天,《人民日报》在一版显要位置报道了公审大会的消息。案发前,刘青山刚出席了世界和平友好理事大会,并当选了常务理事,《人民日报》曾有报道。对于没过多久,又要发表刘青山被处决的消息,报社担心会在国际社会产生不好影响。报社一位领导建议,将刘青山的"青"字加个三点水,写成"刘清山",让人以为是两个人。此事请示毛泽东时,他干脆地说:"不行!你这个三点水不能加。"

——《乡音》2015年第3期

罪愆如日月,

晃晃悬当空。

子善已不善,

青山难再清。

点水虽有意,

律法却无情。

当年多荣勋,

不可抵污名。

题李怀荣冰雹砸落果蔬照片

波诡云谲天难断，
百日血汗尽枉然。
冰雹无情如弹雨，
零落果蔬菜农寒。

七 夕

每年仅此一七夕，
牛郎鹊桥会织女。
一道天河千重恨，
生生隔断好夫妻。

校园送饭

一碗面条细又长，
两头连着儿和娘。
娘劝孩儿多吃点，
孩儿边吃边望娘。

跪吧，秦桧！

跪吧，

先跪跪自己，

跪跪自己的名字。

"桧"字本来只读"会"，

可因为你，

又多了一个音"跪"。

这是上天的安排，

绝非历史的沿袭。

自你之后，

同姓人羞于姓"秦"，

尽管它包含着"春""秋"大义；

世人也多名讳"桧"字，

虽然它象征着坚强不屈。

从宋跑到金，

又从金跑到宋，

山高路长，

挡不住你的善于游移。

可你的腿即便再长，

却没有一丁点儿铁血勇气。

大敌当前，

息鼓偃旗；
议和投降，
膨胀着私欲。
骨头软了，
必然屈膝；
跪下了，
就永远站不起。

跪吧，
跪你的太师座椅，
那象征高贵和威望；
跪你的宰相冠带，
那标志荣耀和权力；
好好地跪着吧——
用人格和灵魂换来的东西。
跪吧，
跪你的原创"莫须有"，
定罪可以随心所欲；
跪你的传奇"东窗事发"，
它丰富了汉文化的词语。
好好跪着吧——
私欲酿造出来的"奇迹"。

跪吧，

跪风波亭，

它真切地诠释了欺天的冤屈；

跪"油炸桧"，

你的灵魂永远煎熬在地狱。

好好跪着吧——

人心要欺天，终究天难欺。

跪吧，

跪那远处的青山，

那里长眠着冤屈的忠魂；

跪这铸身的白铁，

无辜地承受着骂名和晦气。

好好跪着吧——

让良心忏悔，让灵魂哭泣！

跪吧，

跪在杭州西子湖畔，

跪在汤阴岳飞故里，

跪在朱仙镇金兀术大败的地方，

跪在古陈州太昊伏羲陵的一隅。

跪吧，

永远跪吧——

跪在江南，

跪在雪域，

跪在山东，

跪在陇西……

跪吧，
跪着听文天祥告白——
"臣心一片磁针石"；
跪着听屈原愤世——
昂首问天吟《橘颂》；
跪着听陆游期盼——
"王师北定中原日"；
跪着听岳飞高歌——
"八千里路云和月"；
跪着听于谦明誓——
"要留清白在人间"；
跪着听谭嗣同决绝——
"我自横刀向天笑"；
跪着听鲁迅矢志——
"我以我血荐轩辕"；
跪着听徐悲鸿忠告——
立傲骨，灭傲气！

跪吧，
永远地跪着吧——
跪向大宋，
跪向隋唐，

跪向两汉，

跪向轩辕、伏羲！

跪吧，

永远地跪着吧——

跪向金元，

跪向明清，

跪向民国，

跪向崭新的世纪！

跪吧，

永远地跪着吧——

跪在风中，

跪在雨中，

跪在历史的长河，

跪在一代又一代人的唾骂声里！

油炸桧，一种油炸食品，也即"油条"。

摘掉那副眼镜！

——深圳清华研究生院体验 VR 技术有感

我的双眼并无毛病，
却戴上了它——
一副非常沉重的眼镜！
VR 技术，完全封闭，
体验一下跨界的交融。
三维的、交互的，
计算机的仿真，
交叉科学的运用，
连通了人脑和数字世界，
让我沉浸在了虚拟的场景。

此时，
视角已经变通。
我成了一名当事人，
由男性变为女性。
我
很窘迫；
而男性，
却很从容。
男性和女性，

本来只是生理的区别。
可在职场上，
却有着严格的分水岭。
好多工作，
他行，我也行；
可是，
岗位、薪酬、晋升
他能，我却不能。
现实为男女设置了
不等高的门槛，
碰壁的沮丧，
让心情冷却如冰；
美好的理想
也由十九层跌入了负二层。

此时，
角色再一次进行调整。
我已变作一名旁观者，
去观察女性的无助，
职场的无情。
我觉察到了
那位女性的自卑、焦虑；
也感受到了
她内心的愤愤不平。

似乎听到她在呐喊：

要公平，要公正，

要给女性足够的尊重。

要岗位，要晋升，

男女应该同工同酬。

我们只是要求

一视同仁，

女人和男人，

不能分作三六九等！

此时，

恍然猛醒：

我被计算机"算计"了，

我要回到现实之中——

因为

实现性别平等，

不能光靠这副眼镜。

自己的双眼，

比什么都看得清。

更重要的是，

它还是一扇窗口，

可以直达心灵——

谁都明白，

无女不安，

无男不宁；

刚柔相济，

阴阳平衡；

男女平等，

才可共赢共荣。

社会发展的路途中，

有男人的声音，

也不能少了女人的身影。

性别平等，

不能只靠共情的体验，

需要平等的心情，

更需要扎扎实实的行动。

那就让我们彻底摘掉

这副只能共情的眼镜，

离开那个虚拟的世界，

用心追求

现实世界的性别平等！

喊妈的声音

小时候，
喊妈的声音，
绵长
柔嫩
甜美
撒娇里满是天真。

而如今，
喊妈的声音，
短促
躁急
粗重
厌烦里再听不出圆润。

妈变了，
变得苍老迟钝；
我们也变了，
变得没了当年的温顺。

有一点妈却始终没变——
就是爱我们的那份朴真；

而我们却变了，
心越来越远离了妈的心——
也许长大了，
用不着她再来呵护我们。

真的太奇怪了：
任谁都会很爱自己的儿女，
就如当年妈爱我们的那份用心。
可是，
往往忘了反哺，
去把自己的爹娘孝顺。

长大了，
绝不该忘了来路；
爱儿女，
更不能丢了根本。
不然，
他们长大了，
也会学着我们的样子，
忘掉自己的娘亲。
这样，
一代一代，
也许会形成
一种可怕的基因。

当河水击垮了河床

你改变了以往的模样，
变得如此嚣张。
是不是早就期盼，
要冲垮这牢牢的河床？
今天终于实现了祸心，
露出了狰狞的脸庞。
从此，
不再一路向东，
漫无边际到处乱撞。
浅薄取代了深邃，
美丽变成了肮脏。
你的名字也改作"洪水"，
与"猛兽"成了搭档。
你那汹涌澎湃的奔流，
泛滥成灾肆虐疯狂。
没有约束地自我放纵，
源头虽远也流淌不长。
千条小河归大海，
你的前途呢？
一定逃不过这样的结局——
干涸消亡！

木瓜树枝断了

那条枝干上，

挂满了木瓜果。

数一数，

整整 64 颗。

雨来了，

任由淋漓滂沱。

风也来了，

刮得那枝条东摆西躲。

那些个木瓜，

任超载的枝条

在风雨中挣扎无助。

此时，

哪怕落下一个，

也能消灾避祸。

我看看你，

你看看我，

反正天塌砸大家，

谁都不愿脱落。

树枝终于撑不住了，

发出了咔嚓一声。

64 颗木瓜，

个个心里一惊。

我看看你，

你看看我，

大家的眼光似乎很凶：

一定要追究责任，

一定要重办严惩。

责任在谁？

你看看我，

我看看你，

似乎都想先把自己撇清。

木瓜们张开了愤怒的嘴巴，

义正词严慷慨庄重——

一会儿说西，

一会儿道东。

一会儿说天不该下雨，

一会儿说天不该刮风，

一会儿又说更不该风雨交加，

雪上又添了冷霜一层。

接下来大家相互安慰——

这事儿怪不了你我，

只恨上天无情。

说到危害，

毕露锋芒；

谈到性质，

高屋建瓴；

讲到要害，

切中肯綮；

一场声讨的盛宴，

轰轰烈烈，严肃庄重！

最大的成果是，

终于找到了事故的原因——

树枝才是真凶。

既然不够粗大，

就不该超载逞能。

殃及了 64 个无辜，

实在是罔顾生命。

还有树身也难辞其咎，

也该把它的罪责追踪——

为什么缺少"监管"，

形成了"权力"的真空？

让树枝自由自在，

对它的行为无视和放纵。

造成的"事故"如此重大，

严惩重罚决不能宽容。

此刻，

大家才满意地闭上了嘴巴，
感到了分外的欢畅和轻松。
也是在此刻，
才渐渐感到身体的不适，
料想受到的内伤一定不轻。
树枝断了，
木瓜要挂在哪里？
大家显得从未有过的惊慌，
好像刚从噩梦里睡醒——
很快就要缺水、缺肥，
接下来，
谁来疗救伤痛，
生命指靠什么来支撑？

一场争论

动物们在开会，
要把动物世界的领袖问题协商。

公鸡最先表态：
统领世界我最不彷徨——
叫醒黎明，
全凭我一副嘹亮的金嗓。

驴子急忙开口：
统领世界我当仁不让——
公鸡的嗓音再嘹亮，
也比不了我驴子的高亢。

老虎怒吼一声：
统领世界我理所应当——
驴子声音再高亢也抵不住我老虎的威猛，
谁都不会忘记黔之驴当年的下场。

大象说：都别慌，
统领世界别与我抢——

不信试一试，拼一拼，
谁能撼动大象的底盘和力量？

蚂蚁顾不得身材矮小：
统领世界，智慧胜过体量——
偷偷趴在大象的背上渡过深深的河水，
我的智慧强到爆表、强到无法想象。

…………

最终，
会议成了一次无法协商的协商。

过了些时候，
公鸡被炖了肉煲了汤，
驴子再一次被老虎撕裂了皮囊，
大象被犀牛角撞得血肉模糊，
蚂蚁看见火苗便仓皇出逃……

一场争论结束了，
动物世界的领袖谁来担当？
是不是会议换换主角，
再来协商下一场！

有话与你

新礼在现场

——致敬摄影记者宋新礼

"新礼"是一个记者，
"现场"是一个事件发生的地方，
当一个"在"字把两者联结在一起，
便产生了巨大的魅力和影响。

新礼在现场，
是一种声音，
会让大家的共鸣更嘹亮；
新礼在现场，
是一个磁场，
能将人心凝聚成巨大的力量；
新礼在现场，
是一种鼓舞，
让人们劲头增，步铿锵；
新礼在现场，
更是一种期待，
人们想要和他一起谱写最华丽的篇章。

新礼在现场，
会告诉你——

弦歌弹不辍，
陈风时正当；
东湖荷花艳，
西湖柳丝长。
新礼在现场，
会让你明白——
至今古陈美，
淮阳好风光；
谁人最优秀，
何处话来长！
新礼在现场，
恰巧是——
二月春风拂面，
三月布谷好忙，
六月百花争艳，
九月五谷飘香。

新礼在现场——
在学校，在城乡，
在企业，在工厂；
在熙熙攘攘的大街，
在繁荣有序的市场；
在敬老院采风的途中，
在扶贫帮困的集镇村庄；

在太昊陵二月二的庙会，

在廉政警示教育的会堂……

现场在哪里，

新礼就在哪里奔忙——

焦距对准风景，

风景更美；

镜头透视胸腔，

豪情激荡。

新礼在现场，

镜头和大脑一起思考，

焦距和心灵共同考量。

一瞬之间，

也就定格为永恒；

快门闪烁，

闪烁出永久的辉煌！

新礼在现场，

是新闻——

这样天天都有新闻；

新礼在现场，

又不是新闻——

因为新礼天天都在现场。

新礼在现场，

新闻便有了灵魂，
事件便成了有血肉的故事，
闪射出不一样的光芒。
新礼在现场，
维度、角度、高度，
自然会恰如其分地调整；
温度、深度、厚度，
定会得到格外的加强。

新礼在现场，
会是一个不老的话题，
也是人们永远的愿望。
我们期待，
新礼一直在现场；
我们盼望，
也能出现在新礼在现场的那个现场！

一株香草

——聆听王莅教授励志报告

不与树争高低，
不与花比艳丽，
一株草——
你把自己低调成谦卑的姿态。

一株草，
自有超凡脱俗的独特。
你是一株香草，
如芝如兰如蕙，
馨香始终伴你而来。
日子有苦有乐，
脚步有慢有快。
当月亮升起来，
当季节暖起来，
满满的诗情画意里，
全是你的洒脱和豪迈！

妙口吐玉，
锦绣文采，
醍醐灌顶，

令人脑洞大开。

《冲锋与喂猪》——

你把事理讲成有趣的哲学，

没了说教的独裁；

《挤过独木桥》——

你把中考、高考演绎成光阴的故事，

没了懊恼的无奈；

《重回花季》——

把准少男少女的脉搏，

将道理讲得清清楚楚、明明白白！

多么幸运的日子，

与你相遇——

这是最美的遇见；

多么遗憾的日子，

遇见又要离别——

这是何等残忍的分开？

一株香草，

不可多得；

多得，

就成了贪欲。

一株香草，

我的喜爱；

喜爱，

一下子喜爱到仰视和膜拜!

一株香草,
香气溢远——
溢满了师范园的小径,
溢满了中小学的讲台,
溢满了辽阔的中原沃野,
溢满了遥远的南疆北塞,
…………
一颗有趣的灵魂,
在生命历程的不同节点,
把一群又一群渴望的灵魂牵扯和等待!

一株香草,
与众相同而又与众不同;
一株奇葩,
芳华与才华同样出彩!
品如其名,
才如其名,
一株香草,
你是我要致敬的王苣!

　　王苣,河南师范大学教授,笔名香草,两个女儿分别名为
月亮、暖儿。

烛光之光

——致谢淮阳实验高中"烛光课堂"之邀

不管多么微弱，

却点亮一张报纸，

温暖了开阔的胸襟；

不管多么暗淡，

却照彻一座讲台，

温润了成长的灵魂。

哪怕有些朦胧，

也能烘托一方剧场，

召唤净旦丑末走向前去，

绽放他们独特的天真。

草木荣荣，

我们同心同向；

桃李芬芳，

我们同根同森。

千梁柱地，

沐浴冬的雪春的雨；

百栋擎天，

笑看夏的月秋的云。

烛光辉映，

天明了，
一切是那么清新。
留住花开的瞬间，
不忘初衷，
更相信前程似锦。

我们一起上路，
奔往前方，
冲着高峰登临。
巍巍的山顶上，
必定是风景独好，
祥云如金！
此刻，
我愿变作一匹矫健的马，
或是一只轻盈的蜻蜓，
在幸福的体验里，
诗意地沉吟。

　　诗中嵌入了该校李同森、王天明、陈百栋、郑高峰、马靖、张金云等校领导和教师的名字。

欢迎周口诗词学会来我校采风二首

只为等待

黄梅谢了，

红梅艳了，

白梅香了，

只为等待，

你的到来！

满园的树，

绿得更有诗意，

饱满着期待的情怀。

就连那不到花季的紫藤，

似乎也想早点发芽早点花开，

要以她紫色的高贵，

表达一份敬爱——

只为等待，

你的到来！

枝杈上的鸟雀，

也都暂时沉默了歌喉，

要让声音更加清脆婉转，

用一部交响，
为你演绎纯真无杂的天籁。
池塘里的小鱼，
比以往更加欢快；
美丽的孔雀，
舒展出开屏的风采——
只为等待，
你的到来！

林立的楼群，
错落有致，
一样的哈佛红——
一样的色彩。
迎接尊贵的客人，
就用这卓越的色彩。
盘旋的白鸽，
优雅安详，
一样的羽毛——
一样的洁白。
迎接尊贵的客人，
就用这纯正的洁白。
那一双双师生的眼睛，
装满的全是渴望。
多么想早点

聆听到你的诗句,
一睹你的容颜和姿态。
他们激动的心,
早已急不可耐——
只为等待,
你的到来!

我们确信,
你的到来,
一定会
润泽我们的文心诗意,
让校园流光溢彩。
你的到来,
一定能
激扬古老的弦歌雅韵,
让《陈风》越发慷慨!
就为这些,
我们热切地盼望着:
用一种虔诚的眼神,
和一副谦卑的神色——
只为等待,
你的到来!

最真诚的崇敬

或许仰慕"郊寒岛瘦",
便把自己"苦吟"成了瘦丁。
挺立在沙颍河畔,
将诗词学会的旗帜高擎。

肯定不愿"无为",
"无为轩"里早已开启了修为的里程。
把孤单单的汉字黏连为绝句,
瞬间,个个便成了精灵。

怕什么风雨,
南山南耸立着诗意的雨中峰;
东方白了,
东方白了,恰是歌吟的黎明。

宛丘,名字很爷们,
可你却是个女子——郭凤。
与你同在,
左手指月,
大家陪伴你,
长吟《诗经》,

浩荡心胸。

莲舍里那一袭长裙，
飘逸成盈盈莲动，
伴着"山果们"的稚子童声，
映日荷花，红出了别样的乡情。

小曼，小曼如冰，
梅婷，雪伴梅亭，
冰梅冷艳，
冷艳成不一样的词韵诗风。

素之心，素心如水，
晨之风，晨风扬涛，
澎湃的诗情，
可将睡着的灵魂叫醒。

一支队伍威武雄壮，
一条路径崎岖峥嵘。
一步一个深深的脚印，
一首诗一首歌一腔热血奔涌。
采风，
一剪寒梅满庭芳，
西江月下满江红；

高吟，

水调歌头清平乐，

长相思时诉衷情。

在你的文字里，

每一片叶每一朵花都融入了平仄；

在你的心田里，

每一阵风每一滴雨都拥有了魂灵。

而今，

春天来了。

诗歌进校园，

诗人一步先行——

你的步履，

踏出了最美的韵脚；

你的眼神，

融入了最浓的诗情；

你的脸庞，

写满了婉约的笑意；

你的胸腔，

一定是豪放的律动。

诗心、诗意，

诗韵、诗魂，

整个校园要被诗化到沸腾。

沉静下来，

结晶成一种感情，

很淳朴，

很干净，

那就是对你

最真诚的崇敬！

　　瘦丁、无为轩主人、南山南、雨中峰、东方白、宛丘女子、冰小曼、梅婷、素心、晨之风等，或为周口诗词学会会员的姓名，或为笔名，或为微信名称。

　　莲舍，指淮阳莲舍精品民宿，位于淮阳陈楚古街，内有为贫困儿童办的"山果"读书班。

致安然

广州的根，
陈州的魂，
伊犁分枝又创新。
五羊衔穗籽粒饱，
雪莲花开喜迎春。
龙湖天山隔万里，
水清如镜映初心。
枝繁叶茂根连树，
人走再远不离魂。

　　安然，淮阳人，夫妇二人早年携幼子南下广州创业打拼，事业有成，后又北上新疆拓展，事业越做越大，儿子顺利考入大学。夫妇二人性格豪爽，广交朋友，在故乡、广州、新疆人缘极好。

　　陈州，淮阳古称陈州，环城有万亩城湖，名为龙湖。

元旦致敬戴俊贤老师

一元复始日日新，
难忘我师恩情深。
俊杰风华思当年，
贤才诗韵至而今。
桃李夭夭多芬芳，
弦歌绵绵尚留音。
夕阳正红岁不老，
青山着绿满眼春。

致学生四首

和你一起飞

你的理想，
是飞起来；
我的理想，
是让你飞起来。
好吧，
那就让我的理想，
牵着你的理想，
一起飞起来。
雨的敲打，
风的牵绊，
树的拦隔，
山的遮挡——
要飞，
就不会惧怕再多阻碍。
天气的无常，
长夜的漆黑，
严冬的凛冽，

夏日的暴晒——
要飞，
就不会惧怕变幻莫测。

要飞，
就勇敢地飞起来。
别怕，
一切都有我在。
也许你会迷失方向，
也许危情会时时出现，
我会竭尽全力，
紧紧地将你拉拽。
别怕，
随时都有我在。
也许你会停下扇动的翅膀，
也许你会飘飘然醉了情怀，
我会轻轻提醒，
千万不可懈怠。
飞起来，
你会幸福快乐；
飞起来，
我才顿然释怀。
因为，
飞起来，

是你的理想，

更是我的职责。

我飞，

是你最好的陪伴；

你飞，

是我衷心的期待。

飞吧，

我和你相伴，

一起飞翔——

飞向高远，

飞向未来！

对手歌

　　——致五级对抗的师生

幸遇对手，

大胆出手；

面对强手，

决不缩手；

问题棘手，

岂能撒手；

寻找抓手，

巧用慧手；

帮衬对手，
施以援手；
恭贺魁首，
鼓掌拍手；
教师袖手，
幕后推手；
共赢拱手，
拥抱对手。

　　五级对抗，即淮阳一高在教育教学活动中点燃师生激情的五个层级的和谐竞争——年级与年级对抗，班级与班级对抗，学科与学科对抗，小组与小组对抗，学生与学生对抗。

毕业合影留念

毕业了，
情未了，
难忘母校。

毕业了，
愿未了，
追求更高。

毕业了，
路未了，
前程更好。

致早恋的同学

恋爱没有罪，
早恋却不对。
中学你还小，
不能搞般配。
早摘瓜不甜，
苦果会伤胃。
若不听人劝，
终究要后悔。

自　重

——致自轻者

你有 120 斤，

绝不该说只有 80 斤的体重；

你有决胜千米的速度，

绝不能认为自己不行。

不只是气馁，

那是一种很不争气的自轻。

自轻，

就一定打不起精神，

也必然挺不起腰胸。

自轻，

往往伴着自贱孪生，

它会败坏年华，

把美好的光阴掷扔。

自轻，

甚至会走向自毁，

丢弃荣誉，

游戏人生，

践踏灵魂，

自戕生命。

生命，

是一个不断升华的过程，

升华，

就要自爱自重。

自重，

才会被人尊重；

自重，

才能举重若轻；

自重，

方可镇定从容；

自重，

方能塑造出不一样的魂灵！

珍重生命

——致投进钱塘江的那颗魂灵

2018 年 10 月 10 日，某名牌大学博士侯某某在朋友圈中留下疑似遗书的话语,随即失联。随后经过长达两天的搜救,不幸的消息终究还是传来了。经过确认,14 日上午打捞上来的遗体,正是失联的侯某某。

站到了象牙塔的最高层级,

你已经拥有了骄傲的人生。

到底是什么样的心结,

勒索去了你的生命!

钱塘江上的一跳,

玩的不是刺激的蹦极,

也不是比赛跳水和游泳。

你的人生旅途,

还很长,可是

26 岁,

怎么能说停就停?

钱塘江水,

即便能够倒流,

而人生,

却已经没了返程。

滔滔的江水里，

你是变成了一条游鱼，

欢快轻松，

还是没能解脱，

依然是一颗孤独的魂灵？

许多东西，

可以二次拥有，

而生命，

却不能再生；

许多东西，

可以向别人出让，

而生命，

却只能自己享用。

珍重吧，

珍重我们的生命——

那是婚姻的作品，

那是爱情的结晶。

那是天地的赐予，

那是大爱的见证。

它不仅属于你一个人，

更属于社会、亲友、家庭。

对于父母，

你就是他们的整个世界。

你的到来，

曾经灿烂了他们的面容。

欢声笑语，

其乐融融；

生命和家族的延续，

给了他们无比的欣慰，

更给了他们美好的憧憬。

可是，

你那匆忙的一跳，

父母的天

塌了；

亲朋的梦

碎了；

师友的心，

裂了；

你让整个世界

都感到错愕、震惊！

游戏与你

戏 言

——我不是周口店人

多少次了，
我说我是周口人，
对方顿时肃然起敬。
我知道，
他们错把周口当成了周口店，
以为我是离祖先最近的正宗。
南辕北辙，
上千公里的距离；
我和周口店人，
隔着 50 多万年的时空。

司马青衫和司马迁，
别以为是同宗弟兄。
前者官职，
后者名姓；
一个诗魔，
一个史圣；
同为天涯沦落人，
一个被贬，
一个被"宫"。

后者汉魏，

前者唐宋。

蔺相如和司马相如，

两"相如"却不相同。

前者临危不惧，

威吓秦廷，

完璧归赵，

千古美名！

后者辞采华章，

赋圣辞宗，

子虚上林，

文坛讶惊！

李鬼，

收手吧，

别再去冒着李逵的威名，

害人劫财，

短路剪径。

最终，

那把锋利的板斧，

绝对饶不了你的性命！

雷峰与雷锋，

一个是高高的山峦，

一个是永不过时的精神巅峰！

安西，

万不可认作西安，

远着呢，

一个在甘，

一个在陕。

别忘了《鲁豫有约》，

约来了两个鲁豫，

他们，

有着太多太多的相同——

父母之中，

或籍河南，

或籍山东；

父母的巧合，

巧合成了他们取名相同。

也许天意如此，

他们的职业相同而又同样火红。

一个是主持界的不老女神，

一个是荧屏前的金牌后生。

可是，

再多的相同，

姓和性却不相同——
一个姓陈，
一个姓任；
一个蛾眉，
一个须生。
切记，
万不可乱了阴阳，
混了名姓!

是不是隔山隔海，
万里云程；
是不是"早稻田"三个字，
田园风光的味道很浓；
是不是"稻子结穗"，
这样的录取通知书别样深情？
于是便认作那所早稻田大学，
是种稻子的农大，
因此世界闻名。
其不知，
真的不知，
与稻子没有丁点儿瓜葛，
它是综合性的大学，
许多很牛的专业却是理工。

宝莱坞不是好莱坞,

尽管都是电影名城。

一个在印度,

一个在美国,

可不要将两者混作一谈。

前者为什么模仿后者,

是不是为了蹭热度,

还是羡慕"冬青树林"?

那可是个充满诗意和魅力的美名。

我是周口人,

离周口店远着呢;

我是周口人,

与你一样,

和周口店人隔着 50 多万年的时空。

别再对我肃然起敬了,

那样,

我很惶恐,

很不轻松!

题赠郭凤四首

人说大街上有一个女孩特像郭凤

郭府当年飞彩凤，
宛丘西来宛丘东。
撞衫撞脸更撞神，
不由路人不吃惊。

喝吧，为那个证书

有点晚，
好茶不怕晚；
有点懒，
美女自古懒；
有点惭愧，
却是羞了别人面；
宛丘女子竞风流，
谁人可比肩？

今天得了个大证书，
实在不简单，
踮起脚跟刮刮眼，
才敢把它看!
真的是，
可喜可贺可惊叹，
咱该把，
茶水喝它三大碗，
酒瓶喝个底朝天!
壮起胆，对长空，
高嗓门，使劲喊，
我的证书映红了天，
我的证书映红了天!

印　象

宛丘有淑女，
吟哦陈风中。
眼遇影光色，
情钟诗文茗。
偶醮杯中酒，
更重讲台功。
举止多优雅，

妙语尽才情。

儿子穿上了郭凤的旧衣服

娘的旧衣服，
别扔，别扔!
儿的新行头，
有型，有型!
男版宛丘,
女版侯生!
侯家基因,
郭府血统。
内修外养,
心慧智明。
今朝帅哥,
明日新星!

郭凤,女,笔名宛丘女子。工作之余,喜摄影,擅诗文,曾出版诗文集《与你同在》《左手指月》。

题赠夫人三首

五一后游老君山

五一出游似潮涌，
人归我出错高峰。
老君山上君不老，
红衣映衬夕阳红。

老来忙

只言退休一身轻，
孰料忙西又忙东。
家务院内做"总理"，
首领兄弟姊妹中。

与同学苏杭游

中原多美女，
一行六佳丽。

且离儿孙去，

自由我行旅。

何惧路途远，

相会东南隅。

今日姐妹情，

当年同学谊。

白日赏风景，

身轻似燕飞。

夜晚难入眠，

畅谈星斗移。

岁已过甲子，

时光如梭飞。

夕阳正美好，

及时当珍惜。

今日相聚首，

实难再分离。

赞潘玲太极拳与书法作品《送瘟神》

只言身手堪了得，
谁料书法也峥嵘。
力透纸背瘟神惧，
行如云流太极生。
跬积千里功自到，
水聚万滴渠可成。
育才园里多才俊，
文武双修数潘玲。

    育才园，即淮阳育才公园。

杨军、刘宛丽夫妇解题大赛双获佳绩

杨过绝配小龙女，
双剑合璧堪称奇。
巾帼柔顺情自许，
须眉阳刚威难欺。
风雨做伴同船渡，
肝胆相照比翼飞。
人当盛年更奋进，
讲台三尺争第一。

戏答雪莹

——贺赵雪莹、杨光夫妇合月餐厅即将重新隆重开张

时在中伏，春华秋实。合月餐厅，移址修葺。尚未开业，食客云集。老店新装，门庭若市。亲朋好友，不舍初意。如此吉兆，可歌可泣！

店名合月，暗藏玄机。合之谓者，寓意颇深。夫妻合心，天合人意。

赵家君王杨家将，堪称绝配，大宋为证；须眉男儿巾帼女，巧为合璧，谁人可敌？经商有道，杨掌柜心似阳光灿烂从来不变；聚财因人，赵老板品如白雪晶莹始终如一。

一人一口谓之"合"：美食美味，合口合意，美食客绕街穿巷定来此处落座款款。日累三十谓之"月"：月圆月缺，聚精聚神，中意者栉风沐雨必约这厢叙情依依。月生光华，天合人意。月生光华，每月数临难忘怀，势必茂盛财源；天合人意，一人一口得佳味，当然兴隆生意！

合月合月，尚有深意。单月为月，合月为朋。合月食客全是朋友，四海之内皆为兄弟。餐厅虽小，高朋满座，笑声盈室朗朗；设置虽简，贵宾常临，满堂生辉熠熠。君子曰：有朋自远方来，不亦乐乎？众人云：老板盛情相待，此言不虚！

或有问答：

饿了吗？合月餐厅！

渴了吗？合月餐厅!

烦了吗？合月餐厅!

馋了吗？合月餐厅!

继而问答：

火了吗？合月餐厅!

杨掌柜携赵老板答曰：

一定，一定!

发了吗？合月餐厅!

赵老板助杨掌柜答曰：

必须，必须!

我 怕

——题龙龙游呼伦贝尔诺干湖照片

即便我是一匹马，

也不敢在这里奔跑。

因为我怕

永远跑不到它的边缘；

更怕，

踏醒了它的宁静。

即便我是一只羊，

也不想在这里吃一株青草。

因为我怕

污了那不染尘埃的河水；

更怕，

脏了那一块望不到尽头的碧绿。

即便我是一只鸟，

也不愿在这里飞翔。

因为我怕

扰乱了那轻盈的云絮；

更怕，

撞破了漫天叫人心醉的蓝色经典。

那我要是一条龙呢？

暂且也不想回大海了。

我想静静卧下，

嗅着青草的味道，

听着河水的潺潺，

望着高远的天空，

把绿、白、蓝的颜色融入灵魂。

题关哥、兰姐旅游风景照

仙人仙游居仙境，
关哥携手俏兰英。
山清水秀人有意，
夫唱妇随天偶成。
敢言花甲多浪漫，
谁说夕阳不风情？
七十只当十七过，
一路潇洒笑春风。

呼叫拳友去练拳

太极功夫博亦深，
欲左先右假亦真。
周公有约梦不醒，
众友打拳尊难寻。
常来常往常有福，
石言石默石成金。
秋水碧波望穿眼，
敢问今晚可见君？

王之怡入川游览

　　一带风光,一路春光;一带美景,一路美食,真个好去处!
所发照片多张,足见游兴甚高。溜得几句,聊作接风。

黄土高坡壮行旅,
巴山蜀道逸兴催。
蓝天空空高且远,
白云悠悠轻欲飞。
绿树秀水舒胸襟,
佳肴美食忘归期。
而今践行丝绸路,
千里潇洒王之怡。

题三峡人家大自然休闲农庄

三峡好人家，
临川居山崖。
迎宾夫婿男，
宴客姊妹花。
推窗满江水，
放眼一幅画。
但愿长羁留，
入梦不思家。

牛妞真牛！

——读诗歌《疤痕》赠作者母女

子涵本姓牛，
乳名为牛妞。
妞是牛姓妞，
牛为牛气牛。
九岁能成诗，
谁人说不牛？
疤痕赋教育，
痛心我牛妞。
童稚肩膀弱，
担当我敢牛！
先为成人思，
反推孺子牛。
辣妈不姓牛，
其实也很牛。
牛妈拼牛女，
母子竞相牛。
舐犊情谊深，
大牛护小牛。

心茶之恋

心和茶情同恋人，

亲如伉俪：

心有热有冷，

有傲有谦，

有高有低；

茶有浓有淡，

有温有凉，

有红有绿。

端起茶杯轻啜一口细细品味，

高傲躁急轻浮复杂的心，

自会如泡透的茶叶沉入杯底。

世味成茶，

茶可静心，

一杯淡雅、恬静、平和、透明的清茶，

可将心泡得素简透明，

单纯静息。

茶是心的依恋，

也是心的港湾。

因此，

茶叶一直在涨价，

茶楼一直在兴隆，
茶神一直在啜饮，
茶友一直在相聚！

心怀禅意

盘腿禅坐，
喝茶禅饮。
放歌禅唱，
轻读禅吟。
相谑禅友，
静思禅心。
心怀禅意，
沉浮禅许。

生日自嘲

白驹过隙去，
转眼甲子期。
当年傻小子，
如今老东西。
头发渐渐白，
牙齿日日稀。
西山落日晚，
当须更奋蹄！

题俊霞豌豆烙照片

笼蒸豌豆糕，
谁料也可烙。
银盘莹玉珠，
淑女厨艺巧。

牵手而行

牵娃儿悠悠然吃个早餐去

——题一对母子牵手去吃早餐照片

晨曦初露时，
暮色苍茫中，
娘的手牵着娃儿的手。
背后的是岁月，
远处的是前程。

平坦大道上，
坎坷泥泞中，
娘的手牵着娃儿的手。
拉长的是背影，
长高的是心灵。

丽日彩虹下，
风霜雪雨中，
娘的手牵着娃儿的手。
放下的是俗务，
拉紧的是亲情。

日日月月里，
年年岁岁中，

娘的手牵着娃儿的手。
长大了娘的娃儿，
衰老了娘面容。

过好日子

——题一对新人婚礼上牵手照片

婚礼上，
爹把我的手，
从他牵着的手里，
交付到另一个男人的手里，
完成了一个庄严的接替。
爹只重重地嘱咐我们一句话：
过好日子！

这句话，
简单而又复杂，
直白而又神秘。
过好日子，
是祝福，
是嘱托，
更是深情的激励！
我们知道，
今后的日子，
就像树叶一样，
稠稠密密。
它有散文般的温馨浪漫，

更有说明文一样的朴素平实。
那就让我们牵着手，
听爹的话，
去"过好日子"！

"好日子"是什么样子？
它就如"好"字一样美丽。
有"女"，
有"子"，
一个是我，
一个是你。
左右相伴，
紧紧偎依，
平等相待，
不分高低。
共享幸福，
同担风雨。
执子之手，
不离不弃。
这样，
日子才会"好"得如糖似蜜。

好日子，
是目标，

靠的是苦心经营；
好日子，
是过程，
靠的是爱的累积；
好日子，
是承诺，
我们会刻骨铭心；
好日子，
是结果，
我们会好好珍惜。

"好日子"怎么来？
它是"过"出来的——
一天一天的坚持，
一步一步的连续。
"过"得去的要珍重，
"过"不去的要努力。
"过"中有分"寸"，
自当去剖析——
珍惜"寸"阴，
不可荒废；
得"寸"进尺，
永远进取；
把握分"寸"，

处好关系；

积"寸"为尺，

自强自立。

锅碗瓢盆奏成交响，

油盐酱醋酿作歌诗。

把日子过成丰满的生活，

即便岁月平凡，

也一样有情有趣。

那时，

我们会牵着手，

欣慰地告诉爹娘：

我们从未忘记——

过好日子；

我们一直在努力——

过好日子；

我们可以欣慰地告诉你们——

真的很好，

从那天起，

我们一直在过好日子！

黄昏之恋

——题一对老年夫妻牵手散步照片

来吧，

让我们牵着手欣赏——

庭院里小鸡啄食，

阳台上燕子垒窝；

盆景里兰花盛开，

藤蔓上结出长长的豆角；

炉子上的火苗蒸腾，

全家人围满了饭桌；

洗衣机有节奏地运转，

孙子孙女撒欢、嬉闹、唱歌。

欣赏《夕阳红》，

《梨园春》，

欣赏《走遍中国》。

但更多的时候，

我只痴痴地看着你，

你只痴痴地看着我。

走吧，

让我们牵着手看看——

满天的朝霞升腾，

美妙的夕阳下坡；

太极拳腾挪躲闪，

广场舞身姿婆娑；

长长的岸边杨柳依依，

湖里的水漾着清波；

公园里草绿了花开了，

长椅上小情侣卿卿我我。

看挑花篮，

担经挑，

看比赛红歌。

每当这个时候，

我会紧紧地拉着你，

你会紧紧地拉着我。

坐下吧，

让我们牵着手想想——

曾经的恩爱浪漫，

曾经的风姿绰约；

曾经的年少轻狂，

曾经的青春似火；

曾经的时世艰难，

曾经的坚定执着；

曾经的壮怀激烈，

曾经的失意错愕。

曾经的错与对，

失与得，

曾经的年华苦乐。

就在这个时候，

我会紧紧地靠着你，

你会紧紧地靠着我。

继续走吧，

让我们牵着手感叹——

霜雪染白了头发，

风雨催生了脸上的皱褶；

白驹偷偷盗走了时光，

日子连接成了岁月的河；

这辈子一路牵手，

有朝阳有风雨有坦途也有坎坷；

忧戚与共，有我有你，

你和着我，同享苦乐。

感叹我的生活里有你，

你的生活里有我，

感叹我们的生活里有你我。

总是这个时候，

我会牢牢地抓着你，

你会牢牢地抓着我。

走吧，

让我们牵着手继续走下去——

欣慰当年牵手的是我和你，

现在牵手的依然是你和我；

去到初次见面的地方吧，

试试能否找到当年的感觉；

那年那月已经走远，

自当珍惜此时此刻；

把以后的日子过成柔美的歌、抒情的诗，

前路再远也不会蹉跎。

你会听到我的心跳，

我会听到你的呼吸。

不管任何时候，

让我们紧紧地拉着手朝前走吧！

这样，

就不用担心下辈子，

我找不到你，

你找不到我！

孟母三迁

——题《孟母三迁》石雕

母亲，拉着我的手去干啥？

搬家！后悔临近这个坟场。

为什么？

这是个哭闹的地方，

我怕毁掉儿的志向。

这辈子，

你不能只学会祭拜叩谢，

守灵哭丧。

娘要你满腹经纶，

下笔便能辞采飞扬。

母亲，拉着我的手又去干啥？

搬家！远离这个市场。

为什么？

这是个热闹的地方，

我怕你掉进了市侩的染缸。

这辈子，

你不能只懂得买进卖出，

赚钱经商。

娘要你才高八斗，

张口就是锦绣文章

母亲，你拉着我的手还要搬家吗？
不慌！
为什么？
我们已经搬到了心仪的地方，
临近了神圣的学堂。
你可以享受醍醐灌顶，
你可以聆听书声琅琅。
正道之上发奋努力，
芝兰之室必然芳香。
一路追寻圣人的灵魂，
汲取知识的玉液琼浆。
我的儿终将成为旷世奇才，
定能齐家治国安邦。

巴淡岛的麻雀

霍金去哪儿了？

这一天，

注定是个不寻常的日子。

你去了，

爱因斯坦曾经应时而来。

这一天，

感觉有点特别，

似乎亮得太晚，

黑得太快；

甚至连钟表，

好像也要停摆。

霍金去哪儿了？

人们都在焦急地呼唤和等待。

命运的弃儿

你原是一个命运的弃儿，

遭遇到了人生的尴尬和无奈——

但是，

不幸来了，

坦然面对；

苦难相加，

安之若泰。

人瘫了，

精神没有倒下；

失语了，

声音却传遍五湖四海。

顽强地挺立，

让命运之神都感到惊骇。

你很忙，

忙得很幸福；

你很苦，

苦得很痛快。

肌肉萎缩的面庞，

常挂着天真而迷人的微笑；

明亮清晰的眸子，

一直绽放着奕奕的神采。

七十六年的漫长跋涉，

你始终是自己命运的主宰。

医生那最多能活两年的诊断，

终究也输得一败再败。

轮椅托付着你的身躯，

而你的灵魂却将整个宇宙承载。

当意志挺立为标杆，

便成了全人类的表率。

你是一朵开不谢的花，

更是一束灭不了的光彩。

你的故事不仅只是励志身残的一类，

更将影响身后的一个又一个时代。

今天，

霍金去哪儿了？

莫不是赴了约会，

正与牛顿和爱因斯坦惬意地打牌？

抑或继续相对论的思考和讨论，

欲将现代物理的富矿之门轻轻打开？

科学的娇儿

你更是一个科学的娇儿，

探索宇宙奥秘是你无悔的选择——

霍金去哪儿了？

是否还有许多问题要弄明白？

不知是巧合，

还是上天的安排：

七十多年前的今天，

爱因斯坦去了，

你接力而来，

肩负科学的使命，

一生从无懈怠。

驾驶玄妙的时光机，

顺着相对论的隧道，

在四维空间里攻关冲塞。

一会儿穿越到过去，

一会儿又奔回到现在。

恰如天马行空，

无拘无束独往独来。

轮椅上的舞蹈精妙绝伦，

帮衬着那颗灵光四射的脑袋。

你在虫洞里折返，

你在黑洞里游弋；

你在白洞里徜徉，

你在灰洞里徘徊。

再深的"洞"也囚禁不了你的灵魂，

因为你是

神秘的天使，

宇宙的"怪胎"；

更是

科学的精灵，

人类的天才——

誓言打开宇宙之门的密码，

志在摸清暗物质的来龙去脉。

大爆炸，

弦理论,

黑洞蒸发,

诸多奇妙的论断,

惊得世人目瞪口呆;

人类终究需要迁移,

人工智能有利有害,

善意的预测和警告,

让陶醉的人类,

醍醐灌顶,

脑洞大开。

霍金啊霍金,

你真的就是一块纯金——

你的色度,金光灿灿。

你的厚度,难以估测。

你的亮度,照彻未来。

霍金,

你现在去哪儿了?

是不是又有诸多猜想,

有些事情还不能释怀?

莫不是还要把《时间简史》润色得更精彩?

抑或要用童真好奇与天才智慧的绝配,

愚人节再给人们一个意外!

霍金,

你现在去哪儿了?

许是又在进行一次《大设计》吧——
梳理先前的研究成果，
最终厘清"我们为什么存在?"
许是经由莎士比亚找到了哈姆雷特——
向他借取了那枚果壳，
要把无限的宇宙空间装载?

生活的健儿

你又是一个生活的健儿，
科学思索之外，
兼具探险、表演、创作的诸多兴趣，
更有一腔悲天悯人的慈善情怀。
抗争命运，
来到这个世上就不负所来。
是花朵就要绽放，
风雨又能将你何奈!
还记得吗?
你曾经潜入海底，观赏
珊瑚的斑斓，
鱼类的飞快。
还记得吗?
你曾经飞临南极，探索

坚厚的冰川，

茫茫的雪海。

还记得吗？

你曾经行走长空，鸟瞰和仰望

地球的模样，

高天的颜色。

你不是要走遍世界吗？

那就踏上澳洲的热土，

填补足迹的最后空白。

你不是预定了"维珍银河"的太空飞行吗？

那就准备好行囊，

向着遥远的世界飞起来。

霍金，

你现在去哪儿了？

是在为"红鼻子慈善"录制短片吗，

还是将《飞向无限——和霍金在一起的日子》编辑剪裁？

是在与"迷幻摇滚乐团"合作献声吗，

还是在为捷豹的汽车广告扮演反派？

莫不是又去客串了《生活大爆炸》，

抑或去参演了《星际迷航：下一代》？

霍金，

你现在去哪儿了？

莫不是你又来了中国——

你喜欢中国的文化，

你欣赏中国的女性，

更爱吃中国的饭菜。

热情的中国开门揖客，

欢迎你的第四次到来。

人民大会堂静等你

再次讲述"宇宙传奇"。

长城欢迎你的登临，

感受古老民族的大气与豪迈。

天坛欢迎你的瞻仰，

接纳你神情虔诚的仰慕和崇拜。

西藏欢迎你的光顾，

让轮椅碾过天路，

拜拉萨的佛，

看林芝的花，

喝圣湖的水，

更要听高原上绝无尘杂的天籁。

社会的宠儿

你最终是一个社会的宠儿，

全人类都虔诚地把你高高举抬——

霍金，

你现在去哪儿了？

你是否觉得还有许多事情不容等待。

新浪微博里，

拥挤着百万"粉丝"，

他们都表达着相同的敬重和热爱。

美国白宫里，

奥巴马在为你颁发"总统自由勋章"；

他用美国平民的最高荣誉，

表达对一个英国科学家的拥戴。

你的亲人，

你的同事，

你的学生，

聚集在剑桥大学一旁的教堂内外，

几千名"金粉"，

还有《万物理论》中你的扮演者"小麻雀"，

紧紧簇拥在一起，

静静地向你致哀；

茫茫细雨中

大家与你缓缓同行，

祈愿你的灵魂飞往天国，

而你的思想，

也必将永远与他们同在。

霍金，

你现在去哪儿了？

是作一次短暂的旅行，

还是一次永久的离开？

真的真的希望，

命运不再无情，

死神不敢"青睐"。

哪怕你走得再远，

也能根据自己的虫洞理论，

把时空弯曲，

逃脱"黑洞"，

从神秘的隧道，

慢慢向我们走来。

既往的七十六年，

不过是一次人生彩排。

一切从现在开始——

瘫痪的身躯，

笔直挺起；

失语的嘴巴，

陈词慷慨。

时空成为永恒，

你就是不老的"男孩"，

金刚之身，

永远不坏！

陪伴着人类，

走向恒久，

走向更远的未来!

　　2018 年 3 月 14 日,霍金不幸逝世,当夜初稿,4月 4 日改就。

巴淡岛的麻雀

蹦蹦跳跳，
在我的面前，
在我的脚下，
来回穿梭；
叽叽喳喳，
在客房的阳台，
在下面的海滩，
尽情唱歌。
初次见面，
亲近得没有丝毫的违和。
你们也许不是当地的鸟儿吧，
你们或许与我有着扯不断的瓜葛。
不然，
你的身影，
你的叫声，
为何在我的家乡是那么熟悉不过。

灰褐色的羽毛，
圆锥形的嘴巴，
脖颈下的白色斑点，

娇小灵便的身躯，

我曾见过。

元田的梯田里，

闽南的土楼里，

长白山的森林里，

乔家大院的天井里，

我曾见过。

田垄上，

园子里，

房檐上，

灶台边，

我曾见过。

小时候，

咱们是玩伴。

你那柔柔的羽毛，

我曾轻轻地触摸。

还记得吗？

你曾在《诗经》汉赋里，

在唐诗宋词里飞过；

在鱼玄机的眼神里，

在陆放翁的心坎里飞过。

王安石说，

你曾伴着他的蝶恋花飞绕，

曹子建说，

你曾在他的黄田里躲避网罗；

司马札问你，

你从他的鹳雀楼里飞往了何处？

苏子瞻问你，

你是否还在他的梅花词里吟哦？

李白更是直率：

你从他的空城里飞去，

飞过宋元明清，

随着南下的潮涌，

是不是搭载了摇摇晃晃的桅舵？

下南洋，

就这样一去不返，

转眼多少年，

白云悠悠山水阔！

灰褐色，

永远不褪色的颜色；

叽叽喳喳，

永远不停歇的老歌。

诗人流沙河曾经怅憾

他的那一只蟋蟀，

一跳，

不过是跳过了海峡。

而你的一飞，

却飞向了更远更远的岛国。

云天万里，

高山阻，

远水隔；

音讯无，

叹奈何！

当年，

也许有一百个理由离开，

而今，

也该有一万个理由回溯。

只要不忘来路，

就不是一梦南柯。

不用问，

你也会常常把故乡的模样揣摩。

老家到底什么样子？

我想把悬念留给你的双眼，

暂且不作任何描述和许诺。

有朝一日，

游子归来，

你定会情不自禁地惊呼一声：

厉害了，我的国！

似梦似幻，

故土如昨；

沧海桑田，

变了山河。

天上人间，

惊诧当年飞天的嫦娥。

华夏不老，

早已是新的神话和传说！

    巴淡岛，印度尼西亚的一个岛屿，是同名的巴淡市的主要组成部分。巴淡岛北部是山丘，最高点169米，有原始森林；南部、西南部及西北部沿海是平原，海滩景色幽美。全岛海岸线曲折，多海湾和小港口。巴淡岛是印尼国内仅次于巴厘岛的第二大旅游目的地，享有"小巴厘岛"之称。岛上有许多麻雀。

谁盗走了果戈理的头盖骨

1852 年,世界著名作家、《死魂灵》的作者果戈理,在莫斯科逝世,安葬在圣丹尼安修道院的名人陵园。

果戈理临终前,得知亲友们要将他安葬在圣丹尼安修道院时,曾流下眼泪说:"我死后葬在那里,灵魂不会得到安宁,将来无论在何处,我都会在黑暗中注视这个世界。"

1931 年,苏联政府决定将一些著名人物的遗骸移迁到新圣母修道院的公墓中。令人吃惊的是,当打开果戈理墓室的棺木时,伟大作家的头盖骨竟然失踪了!

是谁盗走了果戈理的头盖骨? 据说,1909 年,俄国一位叫巴赫鲁申的剧作家,为建立自己的私人戏剧文艺博物馆,花重金贿赂两名圣丹尼安修道院名人墓地的守夜人,掘开果戈理的墓室,盗走了果戈理的头盖骨。

——摘编自《意林》2009 年第 9 期《谁偷走了果戈理的头颅》

果戈理的头盖骨被盗了,
大案惊天!
谁是凶手?
都在追问——
从官方直到坊间。
巴赫鲁申——

似乎就是答案。
而我却不信，
答案就这么简单？
允许我穿越时空，
做一下推演——
请原谅，
也许有点荒诞。

凶手该是孙殿英吧，
名字很女性，
似乎长袖红颜。
其实他是东陵大盗，
十足的赌徒和匪悍。
难忘当年，
瞒天过海，
假名剿匪，
把百姓驱散，
无人区，
整整三十里方圆。
雷管炸药，
轰开墓道机关。
眼红的强盗们，
你抢我夺，
东寻西翻；

撬棺移尸，
撕衣扯衫。
一世老佛爷，
曾经四十八年，
颐指气使，
何等威严！
可怜而今，
乾坤扭转，
不齿的羞辱，
失尽龙颜！
珍宝无价，
把三十辆大马车装满。
莫不是他孙殿英，
一票接着一票再干，
跨境越国，
旧戏重演！
可他
不过是认得筹码的赌徒，
心里只装有珍珠玛瑙，
金钗玉簪。
一块头盖骨，
能值几钱？
益薄利少，
吊不起贪婪的胃涎。

他会掉头而去，
声言老子不干！

兴许该是额尔金吧，
这名字相当耀眼——
家族基因，
"盗"字为先。
十一代里竟有五人，
大盗通天。
额尔金，
本是尊贵的爵位，
足可以光耀祖先。
而今父子同盗，
狼狈比肩。
盗走帕特农神庙雕像的十分之六，
仅仅用了一年，
老额尔金刷新了我们的认知，
创造的效率绝对空前。
小额尔金基因没有变异，
绝对是老额尔金的正宗嫡传。
后来居上，
让他的父辈们羞惭。
由盗而抢，
由抢而烧，

丧心病狂，

手辣心贪。

一百五十万件珍宝，

悉数掳抢。

然后一把火，

试图把罪恶遮掩。

大火整整烧了三天，

烧出了西方文明的野蛮。

圆明园，

满园焦土，

断壁残垣。

多少年惨淡经营，

一时便为云烟。

该不会是这个家伙，

又把果戈理的头盖骨惦念？

我想不会，

绝对不会。

善恶有报，

果随因缘。

没听说吗，

老额尔金，

瘟疫烂掉了鼻子；

小额尔金，

更是遭到了雷击天谴。

这盗贼会是谁呢，

莫非是乞乞科夫？

他可是《死魂灵》的领衔主演。

不会忘记，

果戈理那支锋利无比的笔，

曾把他针砭得灵魂打战。

而今是不是囊中羞涩，

时日维艰。

于是技痒难耐，

死灰复燃。

妄图重操旧业，

再起东山。

依然投机死魂灵，

赚他个钵满盆满！

抑或怀恨在心，

放不下昔日恩怨。

曾被羞辱的成见，

化作一口恶气，

定要报复前嫌——

让那颗灵光的脑袋，

与身子分离。

将斯文扫地，

叫文学汗颜。

可这也许没有可能，
因为批判现实主义的拳头，
早已打得他苟延残喘。
也许永远不敢出头，
重算旧账再把身翻，
即便长出了贼心，
似乎也长不出贼胆。

到底谁是盗贼，
给历史留下这样的难堪！
莫非就是巴赫鲁申，
又要回到最初的答案？
如果真的是他，
那他就是个混蛋！
堂堂的戏剧家，
居然道貌岸然，
鸡鸣狗盗，
要将什么角色扮演？
对大师的热爱，
对收藏的欲望，
还是炫耀于人的执念？
难道因为这些，
就该对那尊贵的头盖骨刀凿斧砍？
文化人，

何以竟做如此没有文化的勾当?

戏剧家,

何以要把文化悲剧的丑角扮演?

寒心地问一声:

到底是社会道德出现了脱轨,

还是时代精神发生了疯癫?

谁是凶手?

问大地,

大地不语。

失窃的头盖骨在哪儿?

问苍天,

苍天无言。

难道这是最难的试题,

任谁都做不出答案?

不过,

值得欣慰的是:

头盖骨不管流落到哪个角落,

果戈理的文化光芒,

都会在世界的每一个角落灿烂。

身首虽然分开,

而他的精神,

却永远不会离散。

《外套》《死魂灵》

《钦差大臣》《狂人日记》……
已经烙刻在我们的心田，
那些栩栩如生的形象，
会一直鲜活在我们的眼前。
盗走他的头盖骨，
却怎么也盗不走他的精神内涵。
那颗不朽的灵魂，
必将伴着我们的灵魂，
跳动千年万年，
一直走向永远！

装懂和卖萌

二孙子要上小学了，
谁送？
我自告奋勇。
把他交给了老师，
校长要向家长致辞欢迎。
满满的礼堂，
满满的热情。
年轻的女校长，
一口流利的英语。
怎么办？
心里咯噔一惊。
离席，
不够君子；
聆听，
全然不懂。
好吧，
情急生智，
灵机一动——
何不学学诸葛，
虚张声势布空城；

也可模仿南郭，
滥竽充数装镇静。

校长在台上微笑，
我也在台下有所回应；
校长慷慨激昂，
我也昂首挺胸；
校长的语调变得舒缓，
我也假作深情。
台下，
大家高兴，
我也跟着激动。
大家颔首点头，
我也装作赞同。
校长一对一交流，
我庆幸没有收到邀请。
这点担心放下了，
我是不是讨好过神灵？

校长到底讲了些什么，
我只能瞎猜瞎蒙——
也许她先做自我介绍，
再对大家表示欢迎。
绝不会忘了回顾

学校的前世今生。
还有那为校争光的优秀学子，
更有那杰出的教师团队。
接着大概会展望学校长远的发展，
自豪地畅想美好前程。
最后可能要感谢各位家长的信任：
你给学校送来一个孩子，
学校一定会还你一个精英。
双向的共同选择，
无比智慧和聪明；
学校和家庭
一定会获得满意的双赢。

一个多小时过去了，
我听得貌似津津有味，
聚精会神。
我忘记了
有多少次不自然的微笑，
更不清楚
有多少时候曾发呆发愣。
如释重负，
终于结束了，
长长地出了一口气，
当听众原来这么不轻松。

回到家，

大家问我：

听懂了吗？

我故作深沉，

一脸正经地卖萌：

听懂了，

全听得懂！

从"头"到"尾"，

自"始"至"终"：

结尾讲了"Thank you"（谢谢），

中间讲了许多"OK"（好的），

开头讲了"Good morning"（早上好）!

亚洲最南端

　　在新加坡著名景区圣淘沙的一个小岛上，有一块石碑，上面用英文刻着"亚洲最南端"。

这块界碑，
告诉我们这里就是亚洲最南端。
居然走到了这里，
骄傲吗？
没有一丝一毫边界的感觉，
我觉得世界永远不会到边。
从这里往南看，
有更蓝的水，
更高的山，
更远处则是水天一色。
还有更多的井架，
更多的舰船，
更多的是井架和舰船构筑的城垣。
地球太大了：
最南端，
也许是地图上的一个小点，
从这个点出发，
向北或是向南，
走一圈，

那要经历很多时间，

但是最终，

也许还会回到原点。

地球又太小了，

最南端，

不过是一个地理概念，

相对的定义，

永远没法定义精神的内涵。

人的眼界，

人的胸襟，

人的思想，

永远不会有最南端。

就是到达南极，

那也不是终点。

我是一粒中国种子

我是一粒大豆，

是正宗的中国品种。

落脚在赤道上的岛国——

满是雨林风景的狮城。

应着这里的温度和湿度，

我开启了积极的萌动。

阳台的花盆里，

生根发芽，

很快便枝绿叶青。

也许你不会相信，

40多天，

我长了两米多高，

直达天花板的吊顶。

结下39串豆荚，

个个饱满充盈。

这样的生命奇观，

即便生物学家也会吃惊。

在这个不长一棵庄稼的国度，

真的出彩了，

我用我的跨界繁衍，

演绎了古老华夏的农业文明。

此刻，
我的生命在升华，
我的灵魂在觉醒——
作为一粒中国种子，
我感到无比光荣。
我的身上，
饱含着中国精神，
烙刻着龙的图腾！
无论到哪儿，
都阻止不了
生根发芽的萌生；
什么环境，
都遏制不住
顽强生命力的旺盛。
哪怕条件再差，
我也能很快适应，
因为我是一粒中国种子，
我的祖国钟灵毓秀。

我是一粒中国种子，
我感到无比自信——
那棵高高的枝干，

挺起了中国骄傲；
那些充实的豆荚，
饱满着中国感情。
飘过海洋万里，
飞过高天重重，
除了探亲，
我自觉地承载起
一项庄严的使命：
要让全世界都知道，
我来自"一带一路"的起点，
中国是我骄傲的祖宗。
那里既有古老的先进，
更有惊叹世界的现代繁荣。
她那有力的臂膀，
要拥抱时代，
拥抱世界；
她那宽广的胸怀，
要与全人类相亲相爱，
相通相融。
她倡导建立人类命运共同体，
将世界向着更加美好引领。

我真的很骄傲，
虽然我只是一粒大豆，

可我是一粒正宗的中国品种。
骨子里藏着华夏元素，
血脉里奔腾着巨龙的血统。
我演绎的不一样的
中国故事，
一定会紧紧吸引
这个星球上的无数双眼睛。

　　去新加坡探亲，带去了几粒大豆，在花盆里试种了一颗，竟然发芽了，40 多天长了 2 米多高，直达天花板，结下 39 串豆荚。